English Translation on
Selected Chinese Classic Poems

英译中国古典诗词精选

谢艳明◎译著

中国出版集团
世界图书出版公司
广州·上海·西安·北京

图书在版编目（CIP）数据

英译中国古典诗词精选：汉英对照 / 谢艳明译著. — 广州：
世界图书出版广东有限公司，2025.1重印

ISBN 978-7-5192-0852-3

Ⅰ. ①英… Ⅱ. ①谢… Ⅲ. ①古典诗歌－诗集－中国－汉、英
Ⅳ. ①I222

中国版本图书馆CIP数据核字(2016)第046188号

英译中国古典诗词精选

策划编辑　宋　焱

责任编辑　张梦婕

出版发行　世界图书出版广东有限公司

地　　址　广州市新港西路大江冲25号

http: // www.gdst.com.cn

印　　刷　悦读天下（山东）印务有限公司

规　　格　710mm×1000mm　1/16

印　　张　17.75

字　　数　286千

版　　次　2016年3月第1版　　　2025年1月第3次印刷

ISBN 978-7-5192-0852-3/I·0402

定　　价　88.00元

序：诗、译诗与人生

社会在高速发展，人们拥有多种多样的愉悦内心、获得审美享受的方式。曾经是文学主流的诗歌像一位没落的贵族，在我们这个信息多元化的时代早已失去了文坛霸主独领风骚的光辉。虽然读诗的人越来越少了，但诗歌并没有从世上消失。它依然像一位高贵的贵族，永葆纯真本色，浑身散发着高雅的气质，宁可受尽委屈，也要拒绝媚俗地走进普通大众。

无论是否受到冷落，诗歌的魅力是永恒的。在有着高雅情操的人的内心里，诗歌就是一块磁铁，强烈地吸引着爱慕它的人；它也像魔术师手上的魔棒，拨弄着我们内心最柔最纯的那根弦，弹奏出最美丽的乐音。要读诗和译诗，我们首先要有一颗诗心。

那么，何为诗心呢？清代学者的况周颐在《蕙风词话》中说："吾听风雨，吾览江山，常觉风雨江山之外，有万不得已者在。此万不得已者，即词心也。""词"是中国诗歌中的一种，所以词心也就是诗心。四川大学王红教授据此总结说，诗心就是诗人写诗的时候，在面对风雨江山和风雨江山以外的许许多多东西的时候，他的内心感受。她还特别引用了北宋欧阳修的一首词《玉楼春》来说明诗心：

> 樽前拟把归期说，未语春容先惨咽。
> 人生自是有情痴，此恨不关风与月。
>
> 离歌且莫翻新阕，一曲能教肠寸结。
> 直须看尽洛城花，始共春风容易别。

这首词自然是在写离情别绪，因为这里有"离歌且莫翻新阕，一曲能教肠寸结"。词人在离情之中还可能写到了爱情、亲情或友情，也可能是这三种情感之总和。"人生自是有情痴，此恨不关风与月。"这种感情可能有一个感发或诱因，可能源于某一种具体的情感。但它又超脱于某一具体的情感，上升到一个普遍的高度、一个更高的层面。我们知道这个"风月"既可能是自然的风月，也可能是人生之风月，即爱情。当我们寄情于风花雪月之时，自然界的风月又何曾有过任何领略。但诗人尤为多情，当面对风雨江山的时候，内心涤荡着不得不喷发出来、用各种形式表达出来的那个万不得已之情。万里江山，百年人生，一个多情的人，一个短暂的人生，用有涯的人生去面对无涯的宇宙，寻寻觅觅，欲说还休，欲罢不能。情痴就是我们说的万不得已之情，就是一个诗人面对自然风月、人生的诸种情感，纠缠其中，却又超越其上。抒发出来的这种万不得已之情，就是诗心。

诗心是从内心深处喷发出来的、想遮掩也遮掩不住、想抵挡也抵挡不了的、极致的纯情。它是诗人们自然而然的流露，正如《毛诗序》说的那样："情动于中而形于言，言之不足，故嗟叹之，嗟叹之不足，故咏歌之，咏歌之不足，不知手之舞之足之蹈之也。"它是范仲淹所说的"眉间心上，无计相回避"；也是李清照感叹的"此情无计可消除，才下眉头，却上心头"。

它是诗人心怀天下苍生的悲悯之心。屈原在政治理想得不到实现、饱受打击、惨遭流放之时，仍然想到了黎民百姓，以至于"长太息以掩涕兮，哀民生之多艰"（《离骚》）；杜甫在颠沛流离的战乱中，居无定所，甚至住在破烂的茅草屋里。茅屋被秋风掀翻了屋顶，一家人又要惨兮兮地忍受饥寒。这时他却把个人的惨淡置于脑后，反而怜惜起穷苦大众。"安得广厦千万间，大庇天下寒士俱欢颜，风雨不动安如山。呜呼，何时眼前突兀见此屋，吾庐独破受冻死亦足。"（《茅屋为秋风所破歌》）

诗心也是诗人至情至美的追求，它给了诗人一双发现美的眼睛和一支能将美写到极致的生花之笔。诗人写花，花儿是那么的超凡脱俗，让人向往。比如，"梅妻鹤子"的林逋写有《山园小梅》："众芳摇落独暄妍，占尽风情向小园。疏影横斜水清浅，暗香浮动月黄昏。"这梅花是何等的峻洁清高！在林逋的笔下，梅花不再是浑身冷香了，而是充满了一种"丰满的美丽"，有了"弗趋荣利""趣向博远"的精神品格。让我们读一读英国诗人华兹华斯的《咏水仙》（*The Daffodils*），感受一下美得让人窒息的花儿：

> Continuous as the stars that shine
> And twinkle on the milky way,
> They stretched in never-ending line
> Along the margin of a bay:
> Ten thousand saw I at a glance,
> Tossing their heads in sprightly dance.

> 它们密集如银河的星星，
> 像群星在闪烁一片晶莹；
> 它们沿着海湾向前伸展，
> 通向远方仿佛无穷无尽；
> 一眼看去就有千朵万朵，
> 万花摇首舞得多么高兴。

在诗人的心中，水仙已经不是一般的植物，它代表着自然的精华；它是一种象征，代表了一种灵魂，代表了一种精神，是自然心灵的美妙表现。那一簇一簇的水仙，如天上的星星在闪烁。水仙似乎是灵动的舞者，沿着弯曲的海岸线向前方伸展。诗人在孤独的旅行中为有这样的旅伴而欢欣鼓舞、欢呼跳跃。

诗心等同于高贵，因为诗是在形式上语言艺术的极致，在内容上是心灵与心灵的碰撞，是生命与生命的交流。诗不是柴米油盐那样的日常必需品，不解决人的温饱问题；诗也不是一门实用技术，不能用来指导施工或开动机器。没有诗，我们照样能生活下去。然而，人和动物是不同的，我们需要的不仅仅是满足生存的最基本的物质条件，而且还需要一种精神追求，让心灵有所依托，灵魂有所安顿。精神追求有着高低层次，而诗就属于一种高贵的精神生活。

诗本来就是贵族之学，不是大众消费。既然是贵族的，它就不属于大众。在任何时代，诗都是精神层面的奢华。当然，我们并不是说，只有贵胄出身的人才有资格品诗玩诗。如果我这么说，你一定会立即反驳说：优秀的诗人多数都不是贵族出身。我们能数清楚的有贵族身份的诗人也就那么一些，如魏晋时期的曹氏父子、南唐后主李煜、清代的纳兰性德等；而在西方文坛上，似乎贵族中的诗人更少，国王中极少像中国古代皇帝那样还能附庸风雅，能写诗的贵族——如拜伦——也属于级别不太高的贵族了。绝大多数优秀诗人出身于平民。

我们说真正品玩诗歌的人，可能不是贵族，还可能生活得很艰难，但是他一定是精神贵族，即便他出身贫穷卑微，他却拥有无法湮灭的一种高贵精神，他的内心一定有一种近乎神性的追求。比如，在 18 世纪后期的英国出现了两位著名的浪漫主义诗人，他们都出身于贫苦的社会底层，一生都在艰难中度过，但是他们的诗作魅力四射，透射出一种神性的高贵。

罗伯特·彭斯（Robert Burns, 1759-1796）出生于苏格兰西南部的艾尔郡的一个佃农家庭，一辈子在破产的农村生活，和贫苦的农民血肉相连，他的诗歌富有音乐性，歌颂了故国家乡的秀美，抒写了劳动者淳朴的友谊和爱情。1789 年，他谋得一个小税务官的职位，每周要骑马上班。就在那一段飞扬驰骋的日子里，他有了灵感，在给友人的一封信中，他写出了《友谊地久天长》（Auld Lang Syne）。这首诗格调高雅，超凡脱俗，曾作为电影《魂断蓝桥》的主题曲，一直以来被人们所传唱。

威廉·布莱克（William Blake, 1757-1827）出生于伦敦的一个袜商家庭，家里穷得让他无法接受正规教育。长大后他当过雕版学徒，学习过美术。他一生中与妻子相依为命，以绘画和雕版的劳酬过着简单平静的创作生活。后来诗人叶芝等人重编了他的诗集，人们才惊讶于他的虔诚、高贵与深刻。比如，他在《天真的预言》（Auguries of Innocence）一诗在开头就写出令人诧异的、神启般的句子：

To see a World in a Grain of Sand
And a Heaven in a Wild Flower,
Hold Infinity in the palm of your hand
And Eternity in an hour.

一粒沙子现乾坤

一朵野花见天堂，

一瞬间里藏永恒

无限广阔在手掌。

　　这难道不是神启的话语吗？布莱克是虔诚的基督徒，一生中恐怕没有接触过东方的佛教。然而，这四句诗很像得道高僧参悟出来的佛教偈语：一沙一世界，一花一天堂，一树一菩提，一叶一如来。如此饱含哲思的诗句跨越了宗教信仰和文化藩篱，超越了风雨江山，透射出高贵的人文精神，正是这种高贵的精神摇荡着我们的性灵，值得我们传承和传播下去。

　　传承和传播要靠阅读和翻译，阅读让诗的灵魂走进读者的内心，翻译让诗跨越文化的藩篱，得到更为广泛的传播。自《越人歌》始，诗歌翻译在中国走过了 2 000多年的历史。不过，汉诗英译的历史才 200 多年。首先将我国古典诗歌作品翻译成英文的据说是英国琼斯爵士（Sir William Jones，1746-1794），他翻译了《诗经》片段。汉学家理雅各（James Legge，1814-1897）是著名的翻译家，译出《中国经典》五卷，包括四书五经，含全部《诗经》。直至最近出版的《唐诗三百首》（*Three Hundred Tang Poems*，新西兰学者 Peter Harris 译，"人人丛书"，2009 年），两百多年来，国外的译者名家辈出，不胜枚举。

　　自 20 世纪 80 年代以来，国内的翻译大家们也踊跃地加入了汉诗英译的大军，名家名译不断涌现，如：孙大雨、许渊冲、杨宪益伉俪、陆佩弦、王宝童、汪榕培、罗志野、王玉书、徐忠杰、张廷琛、刘柏丽、谢文通、唐一鹤、郭著章、赵彦春，等等，他们都奉献出了扛鼎之作。我从他们的译作中学到了很多，并在自己的翻译中有诸多借鉴。我翻译中国古典诗词，不敢妄自说是对前辈或同行的超越，只是在尊师王宝童教授"诗无达译"的主张的指导下，大胆地尝试独特的艺术手法，凸显自己的翻译风格。

　　诗歌翻译是一项极具挑战性的任务，其中的艰辛主要来自于原诗具备一种高不可攀的艺术高度。宋代诗论家严羽在其《沧浪诗话·诗辨》中说："盛唐诸人惟在兴趣，羚羊挂角，无迹可求。故其妙处，透彻玲珑，不可凑泊，如空中之音，相中之色，水中之月，镜中之象，言有尽而意无穷。"其实，岂止是盛唐的诗歌如此？

在中国整个诗歌发展史上，诗人们都在追求"言有尽而意无穷"的艺术高度，并且力争在"义""理""神""韵""格""气""调""法""象""境"等诗学美学范畴上至臻完美。

当诗歌的艺术追求越高，翻译的难度就越大。在进行翻译之前，译者需要了解中国古典诗词如何"言志""缘情""传神""论法"，这些是中国诗词美学发展的四条主要脉络。中国诗歌一开始就打上了"言志"的烙印。《尚书》中就说"诗言志"，孔子解说《诗经》时强调"诗教""思无邪""达意"。宋明理学更突出了诗词的"义理"，清翁方纲"肌理说"的"义理（儒学）"，潘德舆的"神理意境"，等等，都继承了孔子诗观。"缘情"是说诗本性情，"发乎情"，《国风》的爱恨情仇，《楚辞》的浪漫抒情，汉魏的感于哀乐……中国历代流传的著名诗篇无一不是以饱含作者真情实感而打动读者心灵的。不过，中国诗词历来重视"乐而不淫""哀而不伤""温柔敦厚"，要"发乎情而止乎礼义"。

中国诗词讲究"诗贵传神"。"传神"可以是西晋陆机的"收视反听，耽思旁讯，精骛八极，心游万仞"；南朝梁刘勰的"思理为妙，神与物游"；钟嵘的"干之以风力，润之以丹彩，使味之者无极，闻之者动心"；唐代司空图的"不著一字，尽得风流"；宋代苏东坡的"文理自然，姿态横生"；明代李东阳等的"格调说"；清代王士祯的"神韵说"；还有袁枚的"性灵说"，王国维的"境界说"。"论法"则是声韵、格律、修辞、语法、章法、句法、词法、用典、字眼、比兴、正变、形神、主宾、理趣、虚实、动静、刚柔、显隐、顿渐、行止等方面的诗词创作与欣赏法则。在翻译中国诗词前，要弄清每一首诗的"志""情""神""法"，深切体会其中的精妙，方可在译文中体现原诗之美。

目　录

（先秦）诗经 ··· **001**

1. 关雎 ·· 001

2. 桃夭 ·· 003

3. 摽有梅 ·· 005

4. 燕燕 ·· 006

5. 击鼓 ·· 008

6. 静女 ·· 010

7. 子衿 ·· 012

8. 伐檀 ·· 013

9. 蒹葭 ·· 016

10. 采薇 ·· 018

（汉）乐府 ··· **023**

11. 结发为夫妻 ·· 023

12. 饮马长城窟行 ·· 025

13. 长歌行 ·· 027

14. 白头吟 ·· 028

（汉）古诗十九首 ·· **030**

　　15. 行行重行行 ·· 030

　　16. 青青河畔草 ·· 032

　　17. 青青陵上柏 ·· 033

　　18. 今日良宴会 ·· 035

　　19. 西北有高楼 ·· 037

　　20. 涉江采芙蓉 ·· 039

　　21. 明月皎夜光 ·· 040

　　22. 冉冉孤生竹 ·· 041

　　23. 庭中有奇树 ·· 043

　　24. 迢迢牵牛星 ·· 044

　　25. 回车驾言迈 ·· 045

　　26. 东城高且长 ·· 047

　　27. 驱车上东门 ·· 049

　　28. 去者日以疏 ·· 051

　　29. 生年不满百 ·· 052

　　30. 凛凛岁云暮 ·· 053

　　31. 孟冬寒气至 ·· 055

　　32. 客从远方来 ·· 057

　　33. 明月何皎皎 ·· 058

（汉）曹操 ·· **060**

　　34. 短歌行 ·· 060

　　35. 龟虽寿 ·· 063

（晋）陶渊明 ·· **066**

　　36. 饮酒（其五） ·· 066

　　37. 归田园居（其一） ·· 067

38. 归田园居（其三） ·· 069

39. 杂诗（其一） ··· 070

（唐）武则天 ··· **072**

　　40. 如意娘 ·· 072

（唐）王勃 ··· **074**

　　41. 送杜少府之任蜀州 ··· 074

（唐）贺知章 ··· **076**

　　42. 回乡偶书二首 ·· 076

（唐）张九龄 ··· **078**

　　43. 赋得自君之出矣 ··· 078

　　44. 望月怀远 ·· 079

（唐）王之涣 ··· **081**

　　45. 凉州词 ·· 081

（唐）孟浩然 ··· **083**

　　46. 与诸子登岘首 ·· 083

　　47. 过故人庄 ·· 084

　　48. 岁暮归南山 ·· 085

（唐）王昌龄 ··· **087**

　　49. 闺怨 ··· 087

　　50. 芙蓉楼送辛渐二首 ·· 088

　　51. 出塞二首 ·· 089

（唐）王维 ·· **092**

　52. 山居秋暝 ·· 092

　53. 九月九日忆山东兄弟 ··································· 093

　54. 终南别业 ·· 094

　55. 酬张少府 ·· 095

（唐）李白 ·· **097**

　56. 关山月 ··· 097

　57. 宣州谢朓楼饯别校书叔云 ···························· 098

　58. 送友人 ··· 101

　59. 长相思（其一） ·· 102

　60. 将进酒 ··· 103

　61. 菩萨蛮·平林漠漠 ·· 106

　62. 忆秦娥 ··· 107

（唐）崔颢 ·· **109**

　63. 黄鹤楼 ··· 109

（唐）杜甫 ·· **111**

　64. 月夜忆舍弟 ··· 111

　65. 登高 ··· 112

　66. 客至 ··· 113

　67. 旅夜书怀 ·· 114

　68. 兵车行 ··· 115

（唐）韦应物 ··· **120**

　69. 滁州西涧 ·· 120

（唐）李冶 **122**
　70. 明月夜留别 122

（唐）孟郊 **124**
　71. 游子吟 124

（唐）王建 **126**
　72. 十五夜望月寄杜郎中 126

（唐）刘禹锡 **128**
　73. 竹枝词二首 128
　74. 秋词二首 130

（唐）白居易 **132**
　75. 赋得古原草送别 132
　76. 大林寺桃花 133
　77. 长相思·汴水流 134

（唐）崔护 **136**
　78. 题都城南庄 136

（唐）元稹 **138**
　79. 离思（其四） 138

（唐）杜牧 **140**
　80. 遣怀 140
　81. 金谷园 141
　82. 赠别二首 142

（唐）赵嘏 ·· **144**

83. 江楼感旧 ··· 144

（唐）温庭筠 ······································ **146**

84. 梦江南二首 ······································ 146

85. 更漏子·玉炉香 ·································· 148

（唐）李商隐 ······································ **150**

86. 锦瑟 ··· 150

（五代）韦庄 ······································ **152**

87. 思帝乡·春日游 ·································· 152

88. 木兰花·独上小楼春欲暮 ···················· 153

（五代）冯延巳 ···································· **155**

89. 谒金门·风乍起 ·································· 155

90. 鹊踏枝·谁道闲情抛掷久 ···················· 156

（五代）牛希济 ···································· **158**

91. 生查子·春山烟欲收 ··························· 158

（五代）李璟 ······································ **160**

92. 摊破浣溪沙二首 ································ 160

（五代）李煜 ······································ **163**

93. 虞美人·春花秋月何时了 ···················· 163

94. 相见欢·无言独上西楼 ······················· 164

95. 相见欢·林花谢了春红 ······················· 165

96. 浪淘沙·帘外雨潺潺 ························· 166

（宋）柳永 ·· **168**

　97. 蝶恋花·伫倚危楼风细细 ····················· 168

　98. 雨霖铃·寒蝉凄切 ······························· 170

（宋）范仲淹 ·· **172**

　99. 苏幕遮·碧云天 ································· 172

　100. 渔家傲·塞下秋来风景异 ······················· 174

（宋）张先 ·· **176**

　101. 千秋岁·数声鶗鴂 ······························· 176

　102. 一丛花令·伤高怀远几时穷 ··················· 178

（宋）晏殊 ·· **180**

　103. 浣溪沙·一曲新词酒一杯 ··················· 180

　104. 蝶恋花·槛菊愁烟兰泣露 ····················· 181

（宋）宋祁 ·· **183**

　105. 玉楼春·东城渐觉风光好 ····················· 183

（宋）欧阳修 ·· **185**

　106. 蝶恋花·庭院深深深几许 ····················· 185

　107. 玉楼春·尊前拟把归期说 ····················· 186

（宋）王安石 ·· **188**

　108. 梅 ·· 188

　109. 泊船瓜洲 ····································· 189

（宋）苏轼 ·· **191**

　110. 题西林壁 ······································· 191

111. 水调歌头·丙辰中秋 ·········· 192

112. 念奴娇·赤壁怀古 ·········· 195

113. 江城子·十年生死两茫茫 ·········· 197

114. 卜算子·黄州定慧院寓居作 ·········· 199

115. 蝶恋花·春景 ·········· 200

116. 定风波·三月七日 ·········· 201

（宋）晏几道 ·········· **204**

117. 临江仙·梦后楼台高锁 ·········· 204

118. 鹧鸪天·彩袖殷勤捧玉钟 ·········· 205

（宋）李之仪 ·········· **207**

119. 卜算子·我住长江头 ·········· 207

（宋）秦观 ·········· **209**

120. 鹊桥仙·纤云弄巧 ·········· 209

121. 江城子·西城杨柳弄春柔 ·········· 210

（宋）李清照 ·········· **213**

122. 武陵春·春晚 ·········· 213

123. 醉花阴·薄雾浓云愁永昼 ·········· 214

124. 一剪梅·红藕香残玉簟秋 ·········· 216

125. 如梦令二首 ·········· 217

（宋）岳飞 ·········· **220**

126. 满江红·怒发冲冠 ·········· 220

（宋）姚宽 ·········· **223**

127. 生查子·郎如陌上尘 ·········· 223

（宋）林升 ·· **225**

　128. 题临安邸 ·· 225

（宋）陆游 ·· **227**

　129. 示儿 ·· 227

　130. 书愤 ·· 228

　131. 游山西村 ·· 230

　132. 卜算子·咏梅 ·· 231

（宋）杨万里 ·· **233**

　133. 小池 ·· 233

　134. 晓出净慈寺送林子方 ·· 234

（宋）朱熹 ·· **236**

　135. 春日 ·· 236

（宋）朱淑真 ·· **238**

　136. 蝶恋花·送春 ·· 238

　137. 菩萨蛮·山亭水榭秋方半 ·· 239

（宋）辛弃疾 ·· **241**

　138. 丑奴儿·书博山道中壁 ·· 241

　139. 青玉案·元夕 ·· 242

　140. 西江月·夜行黄沙道中 ·· 244

　141. 菩萨蛮·书江西造口壁 ·· 245

（宋）翁卷 ·· **247**

　142. 乡村四月 ·· 247

（宋）叶绍翁 ·························· **249**
   143. 游园不值 ······················ 249

（宋）文天祥 ·························· **251**
   144. 过零丁洋 ······················ 251

（明）杨慎 ···························· **253**
   145. 临江仙·滚滚长江东逝水 ········ 253

（清）纳兰性德 ······················ **255**
   146. 木兰词·拟古决绝词柬友 ········ 255
   147. 浣溪沙·谁念西风独自凉 ········ 257
   148. 浣溪沙·残雪凝辉 ·············· 258
   149. 画堂春·一生一代一双人 ········ 258
   150. 蝶恋花·出塞 ·················· 260

参考书目 ······························ **262**

后　记 ································ **265**

（先秦）诗经

　　《诗经》是中国最早的一部诗歌总集，收集了从商朝（公元前16世纪）至春秋（公元前6世纪）的古代诗歌305首，另有6首只存篇名而无诗文的"笙诗"，反映了商朝到春秋中叶1 000多年间的社会面貌。西汉时被尊为儒家经典，为"五经"之一，始称《诗经》，并沿用至今。《诗经》在音乐上分为"风""雅""颂"三类，其中"风"是地方歌谣，有十五国风，共160首；"雅"主要是朝廷乐歌，分大雅和小雅，共105首；"颂"主要是宗庙乐歌，有40首。表现手法主要是"赋""比""兴"。"赋"就是铺陈（敷陈其事而直言之也），"比"就是比方，"兴"就是先言他物以引起所咏之词。

1. 关雎

关关雎鸠，在河之洲。

窈窕淑女，君子好逑。

参差荇菜，左右流之。

窈窕淑女，寤寐求之。

求之不得，寤寐思服。

悠哉悠哉，辗转反侧。

参差荇菜，左右采之。

窈窕淑女，琴瑟友之。

参差荇菜，左右芼之。

窈窕淑女，钟鼓乐之。

◎　注释

(1) 关关：象声词，一种水鸟的叫声。雎鸠（jū jiū）：一种水鸟名，即王雎。

(2) 洲：水中的陆地，河中的小岛。

(3) 窈窕（yǎo tiǎo）：形容女子心灵仪表兼美的样子。窈：深邃，喻女子心灵美；窕：幽美，喻女子仪表美。淑：好，善良。

(4) 好逑（hǎo qiú）：好的伴侣。逑："仇"的假借字，匹配之意。

(5) 参差：长短不齐的样子。荇（xìng）菜：水草类植物。

(6) 左右流之：时而向左、时而向右地择取荇菜。这里是以勉力求取荇菜，隐喻"君子"努力追求"淑女"。流：义同"求"，这里指摘取；之：指荇菜。

(7) 寤寐（wù mèi）：醒和睡，指日夜。寤：醒觉；寐：入睡。

(8) 思服：思念。服：想。

(9) 悠哉悠哉：就是说"想念呀，想念呀"。悠：感思；哉：语气助词。

(10) 辗转反侧：翻覆不能入眠。辗：古字作"展"，展转；反侧：翻覆。

(11) 琴瑟友之：弹琴鼓瑟来亲近她。琴、瑟：皆弦乐器，琴五或七弦，瑟二十五或五十弦，友：用作动词，此处有亲近之意。这句说，用琴瑟来亲近"淑女"。

(12) 芼（mào）：择取，挑选。

(13) 钟鼓乐之：用钟奏乐来使她快乐。乐：使动用法，使……快乐。

Calling Ospreys

Over the river's islet there

Goes ospreys' cooing voice;

A lass is so noble and fair,

A gentleman's best choice.

Long and short the water plants grow;

Here and there you can find.

She is so fair and noble, oh!

So heavy on his mind.

His eager wooing comes to bay;

He longs for her day & night.

His longing lingers all the way,

E'en a fair sleep to fight.

Short and long the water plants grow;

Here and there you can pluck.

She is so fair and noble, oh!

With a zither he tries his luck.

Long and short the water plants grow,

To be picked left and right.

She is so fair and noble, oh!

He plays bells & drums to her delight.

2. 桃夭

桃之夭夭，灼灼其华。
之子于归，宜其室家。

桃之夭夭，有蕡其实。
之子于归，宜其家室。

桃之夭夭，其叶蓁蓁。

之子于归，宜其家人。

◎　注释

（1）夭夭：花朵美丽而繁华的样子。一说树枝柔嫩随风摇曳的样子。

（2）灼灼：花朵色彩鲜艳如火，明亮鲜艳的样子。华：同"花"。

（3）之子：这位姑娘。于归：姑娘出嫁。古代把丈夫家看作女子的归宿，故称"归"。于：去，往。

（4）宜：和顺、亲善。

（5）蕡（fén）：草木结实很多的样子。此处指桃实肥厚肥大的样子。有：语气助词，无义。

（6）蓁（zhēn）：草木繁密的样子，这里形容桃叶茂盛。

The Peach Tree is Ripe and Radiant

The peach tree is ripe and radiant,

With blossoms red and flamboyant.

The girl is going to be a bride;

A happy house awaits her guide.

The peach tree is ripe and radiant,

With leaves green and exuberant.

The girl is going to be a bride;

An orderly house awaits her guide.

The peach tree is ripe and radiant,

With fruits sweet and abundant.

The girl is going to be a bride;

A prosperous house awaits her guide.

3. 摽有梅

摽有梅，其实七兮。

求我庶士，迨其吉兮。

摽有梅，其实三兮。

求我庶士，迨其今兮。

摽有梅，顷筐塈之。

求我庶士，迨其谓之。

◎ **注释**

（1）摽（biào）：一说坠落，一说掷、抛。有：语气助词，无义。

（2）七：一说非实数，古人以七到十表示多，三以下表示少；一说七成，即树上未落的梅子还有七成。比喻青春所余尚多。兮：语气助词，有声无义。

（3）庶：众多。士：未婚男子。

（4）迨（dài）：及，趁。吉：吉利的日子。以上两句是说希望有心追求自己的男子们不要错过吉日良辰。

（5）其实三兮："三（古读如森）"表少数，言梅子所余仅有十分之三，比喻青春逝去过大半。

（6）今：现在，今天。

（7）顷筐：斜口浅筐，簸箕。塈（jì）：一说给，一说是"摡（xì）"的借字，取。

（8）谓：一说聚会，读作"会"；一说开口说话；一说归，嫁；一说"谓"是告语，言一语定约。

The Plums Fall

The plums fall off the tree,

With seven tenths to pluck;

Fellows, if you love me,

Perhaps you have the luck.

The plums fall off the tree,

With three tenths on the bough;

Fellows, if you love me,

Why not court me right now?

The plums fall off the tree,

With a basket to stay;

Fellows, if you love me,

Don't hesitate to say.

4. 燕燕

燕燕于飞，差池其羽。

之子于归，远送于野。

瞻望弗及，泣涕如雨。

燕燕于飞，颉之颃之。

之子于归，远于将之。

瞻望弗及，伫立以泣。

燕燕于飞，下上其音。

之子于归，远送于南。

瞻望弗及，实劳我心。

仲氏任只，其心塞渊。

终温且惠，淑慎其身。

先君之思，以勖寡人。

◎　注释

（1）燕燕：鸟名，即燕子。

（2）差（cī）池（chí）其羽：义同"参差"，形容燕子舒张其尾翼。

（3）之子：指被送的女子。

（4）瞻望：眺望

（5）野：古读如"宇（yǔ）"。

（6）颉（xié）：上飞。颃（háng）：下飞。

（7）将（jiāng）：送。

（8）伫：久立等待。

（9）南：指卫国的南边，一说野外。劳：忧伤。

（10）仲：兄弟或姐妹中排行第二者，指二妹。任：信任。氏：姓氏。只：语气助词。

（11）塞（sè）：诚实。渊：深厚。

（12）终……且……：既……又……。惠：和顺。

（13）淑：善良。慎：谨慎。

（14）先君：已故的国君。

（15）勖（xù）：勉励。寡人：寡德之人，国君对自己的谦称。

A Pair of Swallows

A pair of swallows are in flight

　　With their tails long and short.

My sister is going to wed,

　　To the wilds I'm her escort.

I see her goin' out of my sight.

　　A rain of tears I shed.

A pair of swallows are flying

　　With their wings up and down.

My sister is marrying her groom;

　　I escort her to the distant town.

Standing long I cannot help crying;

　　Her fading drives me to gloom.

A pair of swallows are in flight,

　　With their singing high and low.

My sister is wedded to a far land;

　　To the south border I see her go.

I see her goin' out of my sight,

　　Such a sorrow I can't stand.

My sister dear is so sincere,

　　Faithful and reliable.

She is also gentle and polite,

　　Discreet and amiable.

Our late king's words come to my ear,

　　Sending my heart bright light.

5. 击鼓

击鼓其镗，踊跃用兵。

土国城漕，我独南行。

从孙子仲，平陈与宋。

不我以归，忧心有忡。

爰居爰处？爰丧其马？

于以求之？于林之下。

死生契阔，与子成说。

执子之手，与子偕老。

于嗟阔兮，不我活兮。

于嗟洵兮，不我信兮。

◎ 注释

（1）其镗：即"镗镗"。镗（tāng）：鼓声。

（2）踊跃：双声连绵词，犹言鼓舞。兵：武器，刀枪之类。

（3）土：挖土。城：修城。国：指都城。漕：卫国的城市。

（4）孙子仲：即公孙文仲，字子仲，邶国将领。

（5）平：平定两国纠纷。谓救陈以调和陈宋关系。陈、宋：诸侯国名。

（6）不我以归：即不以我归的倒装，有家不让回。

（7）有忡：忡忡，忧虑不安的样子。

（8）爰居爰处？爰丧其马：哪里可以住，我的马丢在那里。爰（yuán）：哪里，丧：丧失，此处言跑失。

（9）于以：在哪里。

（10）契阔：聚散、离合的意思。契，合；阔，离。

（11）成说（yuè）：约定、成议、盟约。

（12）于（xū）嗟（jiē）：叹词，即"吁嗟"，相当于现在的"哎哟"。

（13）活：借为"佸"，相会。

（14）洵（xún）：久远。

（15）信：一说古伸字，志不得伸；一说守信，守约。

Beating the Drums

Beat! Beat! Beat! Bong the drums out.

Charge! Charge! Charge! We're busy about.

They are building walls far and near,

But I go to the south frontier.

I follow General Zizhong,

To quell riots in Chen and Song.

I'm dragged away from my home town,

Which distresses me inside down.

Where can we stop and station our force?

Where can I find my lost war horse?

Oh! Where and where can it be found?

It's buried in the forest ground.

"Part and meet is like life and death;

Let's make oath to Heaven above.

Since I've already held your hand,

Till death I'll abandon my love."

Alas! We've kept apart so long;

My desire to meet you is strong.

Alas! Tis a long time from now;

How can I adhere to that vow?

6. 静女

静女其姝，俟我于城隅。

爱而不见，搔首踟蹰。

静女其娈，贻我彤管。

彤管有炜，说怿女美。

自牧归荑，洵美且异。

匪女之为美，美人之贻。

◎ **注释**

（1）静女：贞静娴雅的姑娘。静：娴静。姝（shū）：美好。

（2）俟（sì）：等待，等候，此处指约好地方等待。城隅：城边的角落。

（3）爱：通"薆（ài）"，隐藏，遮掩。见：通"现"，出现。

（4）踟蹰（chí chú）：心里迟疑、要走不走的样子。

（5）娈（luán）：面目姣好，美好。

（6）贻（yí）：赠送。彤（tóng）管：此物至今说法不一。或以为红色笔管的笔，或以为乐器，或以为茅草的嫩芽，或以为辛夷树的花。"茅芽"一说比较可信。

（7）炜（wěi）：鲜明有光的样子。

（8）说怿（yuè yì）：喜爱。说：通"悦"，和"怿"一样，都是喜爱的意思。女（rǔ）：通"汝"，你。这里指代"彤管"。

（9）牧：野外放牧的地方，郊外。归荑（kuì tí）：赠送荑草。归：通"馈"，赠送。荑（tí），初生的茅草。古时有赠白茅草以示爱恋的习俗。

（10）洵（xún）：通"恂"，的确，确实。异：与众不同。

（11）匪（fēi）女（rǔ）：不是你（荑草）。匪：通"非"。

（12）美人：指赠送荑草给自己的姑娘。

A Demure Maiden

A demure maiden pretty fair

Trysts me by the corner of town.

Unseen, she is hidden somewhere;

Perplexed, I scratch my hair and frown.

A demure maiden pretty bright

Gives me a flute of cogongrass,

With its shaft sending out a light,

Which delights me so much, my lass!

Back from the mead, she gives me a reed,

Which is really fancy and rare,

Lovely not for it's rare indeed,

But for it's from my maiden fair.

7. 子衿

青青子衿，悠悠我心。

纵我不往，子宁不嗣音？

青青子佩，悠悠我思。

纵我不往，子宁不来？

挑兮达兮，在城阙兮。

一日不见，如三月兮。

◎　注释

（1）子衿：周代读书人的服装。子：男子的美称，这里即指"你"；衿：襟，衣领。

（2）悠悠：此指忧思绵长不断。

（3）宁：难道。

（4）嗣（yí）音：传音讯。嗣：通"贻"，给、寄的意思。

（5）佩：这里指系佩玉的绶带。

（6）挑（táo）兮达（tà）兮：独自走来走去的样子。

（7）城阙：城门两边的观楼。

Your Blue Collar

Blue, blue is the collar you wear;

Heavy, heavy, you're on my mind.

Where are you? I can't go to find;

Not a word to me would you sparc?

Blue, blue is the ribbon you take;

Rue, rue, how badly I miss you.

Where are you? I can't go to you.

Why no return to me you'd make?

High on the city walls and towers

I pace back and forth, fro and to.

It seems to be three months overdue

That I don't see you in twenty-four hours!

8. 伐檀

坎坎伐檀兮，寘之河之干兮。

河水清且涟猗。

不稼不穑，胡取禾三百廛兮？

不狩不猎，胡瞻尔庭有县貆兮？

彼君子兮，不素餐兮！

坎坎伐辐兮，寘之河之侧兮。

河水清且直猗。

不稼不穑，胡取禾三百亿兮？

不狩不猎，胡瞻尔庭有县特兮？

彼君子兮，不素食兮！

坎坎伐轮兮，寘之河之漘兮。

河水清且沦猗。

不稼不穑，胡取禾三百囷兮？

不狩不猎，胡瞻尔庭有县鹑兮？

彼君子兮，不素飧兮！

◎　注释

（1）坎坎：象声词，伐木声。

（2）檀：青檀树，木坚硬，可作车料。

（3）寘（zhì）：同"置"，放置。干：水边。

（4）涟：即澜。猗（yī）：义同"兮"，语气助词。

（5）稼（jià）：播种。穑（sè）：收获。

（6）胡：为什么。禾：谷物。三百：意为很多，并非实数。廛（chán）：通"缠"，古代的
　　度量单位，三百廛就是三百束。

（7）狩：冬猎。猎：夜猎。此诗中皆泛指打猎。

（8）瞻：向前或向上看。县（xuán）：通"悬"，悬挂。貆（huán）：猪獾，也有说是幼小的貉。

（9）君子：此系反话，指有地位有权势者。

（10）素餐：白吃饭，不劳而获。

（11）辐：车轮上的辐条。

（12）直：水流的直波。

（13）亿：通"束"。

（14）特：大兽。毛传："兽三岁曰特。"

（15）漘（chún）：水边。

（16）沦：小波纹。

（17）囷（qūn）：束。一说圆形的谷仓。

（18）飧（sūn）：熟食，此泛指吃饭。

Cut Sandal Trees

We cut sandal trees, chop, chop, chop;

They fall riverside, flop, flop, flop;

The river's clear, and ripples cheer.

How can those who neither sow nor reap

Have three hundred sheaves of crop to keep?

How can those who neither hunt nor chase

Have badgers hanged in their place?

Oh, my lord. You eat to your fill

Without working to pay the bill!

We cut wheel-spokes, chop, chop, chop;

The trees fall ashore, flop, flop, flop;

The river's clear, and its waves cheer.

How can those who neither sow nor reap

Have three hundred stacks of crop to keep?

How can those who neither hunt nor chase

Have large games hanged in their place?

Oh, my lord. You eat to your desire,

But not a day of work you require!

We cut wood wheels, chop, chop, chop;

The trees fall aground, flop, flop, flop;

The river's clear, and ringlets cheer.

How can those who neither sow nor reap

Have three hundred piles of crop to keep?

How can those who neither hunt nor chase

Have quails hanged in their place?

Oh, my lord. The world is unfair,
You, the idle, eat the lion's share!

9. 蒹葭

蒹葭苍苍，白露为霜。

所谓伊人，在水一方。

溯洄从之，道阻且长。

溯游从之，宛在水中央。

蒹葭萋萋，白露未晞。

所谓伊人，在水之湄。

溯洄从之，道阻且跻。

溯游从之，宛在水中坻。

蒹葭采采，白露未已。

所谓伊人，在水之涘。

溯洄从之，道阻且右。

溯游从之，宛在水中沚。

◎ **注释**

（1）蒹葭（jiān jiā）：芦荻，芦苇。苍苍：形容茂盛的样子。

（2）为：凝结成。

（3）所谓：所说，这里指所怀念的。伊人：那人，指诗人所思念追寻的人。

（4）在水一方：在河的另一边，指对岸。

（5）溯洄（sù huí）：逆流而上。从：追，追求。

（6）阻：险阻，难走。

（7）溯游：顺流而涉。游：通"流"，指直流。

（8）宛：仿佛，好像。

（9）萋萋（qī qī）：茂盛的样子。一说为"凄凄"。

（10）晞（xī）：干。

（11）湄（méi）：水和草交接之处，指岸边。

（12）跻（jī）：升高，这里形容道路又陡又高。

（13）坻（chí）：水中的小洲或高地。

（14）采采：茂盛众多。

（15）已：止，完毕，消失。

（16）涘（sì）：水边。

（17）右：弯曲。

（18）沚（zhǐ）：水中的小块陆地。

The reeds

Lush, lush the reeds do grow;

Frosty, frosty the white dews go.

That girl I have in mind,

Beyond waters I find.

I search her upstreams;

Rough and long the road seems.

I search her downstreams;

Right in the middle of waters she seems.

Lush, lush the reeds abound;

Still wet the white dews are found.

That girl I have in mind,

On the river shore I find.

I search her upstreams;

Rough and steep the road seems.

I search her downstreams;

Right on the shoal in the waters she seems.

The reeds are lush and tall;

The white dews cease not to fall.

That girl I have in mind,

On the riverside I find.

I search her upstreams;

Rough and tortuous the road seems.

I search her downstreams;

Right on the islet in the waters she seems.

10. 采薇

采薇采薇，薇亦作止。

曰归曰归，岁亦莫止。

靡室靡家，猃狁之故。

不遑启居，猃狁之故。

采薇采薇，薇亦柔止。

曰归曰归，心亦忧止。

忧心烈烈，载饥载渴。

我戍未定，靡使归聘。

采薇采薇，薇亦刚止。

曰归曰归，岁亦阳止。

王事靡盬，不遑启处。

忧心孔疚，我行不来！

彼尔维何？维常之华。

彼路斯何？君子之车。

戎车既驾，四牡业业。

岂敢定居？一月三捷。

驾彼四牡，四牡骙骙。

君子所依，小人所腓。

四牡翼翼，象弭鱼服。

岂不日戒？玁狁孔棘！

昔我往矣，杨柳依依。

今我来思，雨雪霏霏。

行道迟迟，载渴载饥。

我心伤悲，莫知我哀！

◎ **注释**

（1）薇：豆科野豌豆属的一种，又叫大巢菜，种子、茎、叶均可食用。

（2）作：指薇菜冒出地面。止：句末助词，无实义。

（3）曰：句首、句中助词，无实义。

（4）莫：通"暮"，也读作"暮"，指年末。

（5）靡（mǐ）室靡家：没有正常的家庭生活。靡：无；室：与"家"义同。

（6）玁（xiǎn）狁（yǔn）：中国古代少数民族名。

（7）不遑（huáng）：不暇。遑：闲暇。启居：跪、坐，指休息、休整。启：跪、跪坐；居：安坐、安居。古人席地而坐，两膝着席，危坐时腰部伸直，臀部与足离开；安坐时臀部贴在足跟上。

（8）柔：柔嫩。"柔"比"作"更进一步生长。指刚长出来的薇菜柔嫩的样子。

（9）烈烈：炽烈，形容忧心如焚。

（10）载饥载渴：则饥则渴、又饥又渴。载……载……：即又……又……。

（11）戍（shù）：防守，这里指防守的地点。

（12）聘（pìn）：问候的音信。

（13）刚：坚硬。

（14）阳：农历十月，小阳春季节。今犹言"十月小阳春"。

（15）靡：无。盬（gǔ）：止息，了结。

（16）启处：休整，休息。

（17）孔：甚，很。疚：病，苦痛。

（18）我行不来：我不能回家。来：回家；一说，我从军出发后，还没有人来慰问过。

（19）常：棠棣，植物名。

（20）路：高大的战车。斯何：犹言维何。斯：语气助词，无实义。

（21）君子：指将帅。

（22）戎（róng）：车，兵车。

（23）牡（mǔ）：雄马。业业：高大的样子。

（24）定居：犹言安居。

（25）捷：胜利，谓接战、交战；一说，捷，邪出，指改道行军。此句意谓，一月多次行军。

（26）骙骙：马强壮的意思。骙（kuí）：雄强，威武。

（27）小人：指士兵。腓（féi）：庇护，掩护。

（28）翼翼：整齐的样子，谓马训练有素。

（29）象弭：以象牙装饰弓端的弭。弭（mǐ）：弓的一种，其两端饰以骨角；一说弓两头的弯曲处。鱼服：鲨鱼鱼皮制的箭袋。

（30）日戒：日日警惕戒备。

（31）孔棘：很紧急。棘（jí）：急。

（32）昔：从前，文中指出征时。往：当初从军。

（33）依依：形容柳丝轻柔、随风摇曳的样子。

（34）思：用在句末，无实义。

（35）雨：音同玉，为"下"的意思。霏（fēi）霏：雪花纷落的样子。

（36）迟迟：迟缓的样子。

Pick Vetch

We pick vetch, and we pick and pick;

It grows and grows, so quick.

We go homeward; yes, we're to wend,

For the year draws to end.

But we've no home to go, no home!

The Huns, our foe, have come.

And we've no time to rest, no rest!

They've come to us molest.

We pick vetch, and we pick and pick;

It grows tender and thick.

We go homeward; yes, we're to go;

Our hearts are full of woe.

We're woeful and woeful, still more,

With hunger and thirst sore.

Our garrison moves to no end.

Who's home letters to send?

We pick vetch, and we pick and pick;

It grows into a stick.

We go homeward; yes, we are setting out;

It's autumn, like spring getting out.

The war's wild with no truce to file;

We can't rest for a while.

Our hearts grieve more than we can bear;

Homecoming's in the air.

Oh! What kind of flowers are these?

The blooms of cherry trees.

Behold! What carts run on the land?

Chariots of our command.

The four stallions look very strong,

As chariots roll along.

In a month, we have three alarms;

How dare we lay down arms?

Sturdy and stately, the four steeds

Are driven at full speeds.

On the chariot our chief does ride,

Behind which soldiers hide.

The steeds run skillfully in a row,

We're armed with arrow and bow.

The Huns attack us fast and hard;

We'd always keep on guard.

Long ago, we left home for frontier,

Willows waving in tear.

Now we're finally back to hometown,

Snow falling wildly down.

The rough way back lags us behind,

With hunger and thirst unkind.

Our wounded hearts are full of woe,

But who on earth does know?

（汉）乐府

乐府始建于秦，是朝廷设立的管理音乐的官署，到汉时沿用了秦时的名称。公元前112年，汉武帝正式设立乐府，其任务是收集编纂民间音乐及诗歌、整理改编与创作音乐、进行演唱及演奏等，以备朝廷祭祀或宴会时演奏之用，汉魏六朝以乐府民歌闻名。今保存的汉乐府民歌的五六十首，真实地反映了下层人民的苦难生活，如《战城南》《东门行》《十五从军征》《陌上桑》等。汉乐府在文学史上有极高的地位，其与《诗经》《楚辞》可鼎足而立。

11. 结发为夫妻

结发为夫妻，恩爱两不疑。
欢娱在今夕，嬿婉及良时。

征夫怀远路，起视夜何其？
参辰皆已没，去去从此辞。

行役在战场，相见未有期。
握手一长叹，泪为生别滋。

努力爱春华，莫忘欢乐时。
生当复来归，死当长相思。

◎ **注释**

（1）结发：汉族婚姻习俗。一种象征夫妻结合的仪式。当夫妻成婚时，各取头上一根头发，合而作一结。

（2）嬿婉：欢好，和美。

（3）怀远路：想着出行的事。"远路"一作"往路"。

（4）夜何其：语出《诗经·庭燎》："夜如何其？"是说"夜晚何时？"。其：语气助词。

（5）参（shēn）、辰：二星名，代指所有星宿。这句是说星星都已隐没，天将放晓了。

（6）行役：赴役远行。

（7）生别：生离死别；一作"别生"。滋：多。

（8）春华：喻青春年华，少壮之时。

We United as Spouse

Since we united as spouse,

We've been in love with no doubts.

Let's amuse ourselves tonight,

The great joy should be kept tight.

Thinking of the way ahead,

I rise to see how time's fled.

The stars have faded from eye.

I'll go and bid you goodbye.

My service is on the war,

We may never meet once more.

Holding your hand, I sigh long;

Tears of farewell pour in throng.

Try to enjoy the spring flowers;

Don't forget our happy hours.

Alive, I'll come back to you;

Killed, I'll let my love renew.

12. 饮马长城窟行

青青河畔草，绵绵思远道。

远道不可思，宿昔梦见之。

梦见在我傍，忽觉在他乡。

他乡各异县，辗转不相见。

枯桑知天风，海水知天寒。

入门各自媚，谁肯相为言。

客从远方来，遗我双鲤鱼。

呼儿烹鲤鱼，中有尺素书。

长跪读素书，书中竟何如？

上言加餐饭，下言长相忆。

◎ 注释

(1) 绵绵：指微细、连续不断的样子。这里意含双关，由看到连绵不断的青青春草，而引起对征人的缠绵不断的情思。远道：远行。

(2) 宿昔：指昨夜。觉：睡醒。

(3) 辗转：亦作"展转"，不定。这里是说在他乡作客的人行踪无定。"辗转"又是形容不能安眠之词。

(4) 枯桑：落了叶的桑树。这两句是说枯桑虽然没有叶，仍然感到风吹，海水虽然不结冰，仍然感到天冷。比喻那远方的人纵然感情淡薄也应该知道我的孤凄、我的想念。

(5) 入门：指各回自己家里。媚：爱。

(6) 言：问讯。以上两句是把远人没有音信归咎于别人不肯代为传送。

(7) 双鲤鱼：指藏书信的函，就是刻成鲤鱼形的两块木板，一底一盖，把书信夹在里面。一说将上面写着书信的绢结成鱼形。

(8) 烹：煮。假鱼本不能煮，诗人为了造语生动故意将打开书函说成烹鱼。

(9) 尺素书：古人写文章或书信用长一尺左右的绢帛，称为"尺素"。素：生绢；书：信。

（10）长跪：直身而跪，也叫"跽"。古时席地而坐，坐时两膝据地，以臀部着足跟。跪则伸
　　　直腰股，以示庄敬。

（11）下：末两句"上""下"指书信的前部与后部。

A Longing Wife: To the Tune of *Watering Horses Melody*

Green, green is the grass by the river shore,

Long, long my longing for my husband seems.

He's farther away than I can look for;

Last night, he visited again my dreams.

I dreamt that he seemed to sit by my side,

I woke to find he's in a distant place.

In different villages and towns we reside;

I tossed and tossed; how could I see his face.

The withered mulberry knows how wind blows;

Sea waters feel how cold it does become.

Other men come home 'n' dispel their wives' woes;

Whom do you ask to bring your messages home?

A traveler coming from a remote land

Brought me a pair of carps from my husband.

I called my son to open and cook the fish,

In which I found worded silk to my wish.

I read it attentively as I long knelt,

And found out what on earth it tried to tell:

The first part asks me to have a good meal;

The latter says he yearns for me for real.

13. 长歌行

青青园中葵，朝露待日晞。

阳春布德泽，万物生光辉。

常恐秋节至，焜黄华叶衰。

百川东到海，何时复西归？

少壮不努力，老大徒伤悲！

◎　**注释**

（1）长歌行：汉乐府曲题。这首选自《乐府诗集》卷三十，属相和歌辞中的平调曲。

（2）葵：蔬菜名，是中国古代重要蔬菜之一。

（3）朝露：清晨的露水。晞：天亮，引申为阳光照耀。

（4）"阳春"句：阳是温和。阳春是露水和阳光都充足的时候，露水和阳光都是植物所需要的，都是大自然的恩惠，即所谓的"德泽"。布：布施，给予。德泽：恩惠。

（5）秋节：秋季。

（6）焜黄：形容草木凋落枯黄的样子。华（huā）：同"花"。衰：一说读"cuī"，因为古时候没有"shuāi"这个音；一说读"shuāi"，根据语文出版社出版的《古代汉语》，除了普通话的规范发音之外，任何其他的朗读法都是不可取的。

（7）百川：江河湖泽的总称。

（8）少壮：年轻力壮，指青少年时代。

（9）老大：指年老。徒：白白地。

Poem to the Tune of *Long Melody*

Green, green the mallow in the yard awaits

The sun to shine morning dews dry.

The warm spring diffuses the nature's grace,

And lets all things in sunlight lie.

I often dread the autumn here to be;

Leaves and blooms are withered to burn.

Hundreds of streams flow eastward to the sea;

When do they to the west return?

If one spends his youth idly with no gains,

Old age will leave him in regrets and pains.

14. 白头吟

皑如山上雪，皎若云间月。

闻君有两意，故来相决绝。

今日斗酒会，明旦沟水头。

躞蹀御沟上，沟水东西流。

凄凄复凄凄，嫁娶不须啼。

愿得一人心，白首不相离。

竹竿何袅袅，鱼尾何簁簁！

男儿重意气，何用钱刀为！

◎　**注释**

（1）皑、皎：都是白。

（2）两意：就是二心（和下文"一心"相对），指情变。

（3）决：别。

（4）斗：盛酒的器具。这两句是说今天置酒做最后的聚会，明早沟边分手。

（5）躞蹀（xiè dié）：小步行走貌。御沟：流经御苑或环绕宫墙的沟。东西流：即东流；"东西"是偏义复词，这里偏用东字的意义。以上两句是设想别后在沟边独行，过去的爱情生活将如沟水东流，一去不返。

（6）"凄凄复凄凄"四句意思是说嫁女不须啼哭，只要嫁得"一心人"，白头到老，别和我一样，那就好了。

（7）竹竿：指钓竿。袅袅：摇曳、飘动的样子，此处形容钓竿轻软柔长。

（8）簁（shāi）簁：形容鱼尾像濡湿的羽毛。在中国歌谣里钓鱼是男女求偶的象征隐语。这里用隐语表示男女相爱的幸福。

（9）意气：这里指感情、恩义。

（10）钱刀：古时的钱有铸成马刀形的，叫作刀钱，所以钱又称为钱刀。

Song of White Head

Love is like snow atop mountains, pure white,

And like the moon in clouds, so bright.

I hear you have found another sweetheart,

So I here come to say we'll part.

Today let's drink for the last time we're together;

Tomorrow, by the moat, we'll sever.

By the royal moat, my walk will be slow;

The moat water does eastward flow.

So sadly and sadly, I heave a sigh.

For marrying you I didn't cry.

I wished to gain a man who loves me forever,

White haired, we would never sever.

How the bamboo rod is slender and long,

And fish waves their wet tails in throng!

A man should value much a grateful heart;

How can money play a part?

（汉）古诗十九首

　　《古诗十九首》最早见于《昭明文选》，为南朝梁昭明太子萧统从传世无名氏《古诗》中选录十九首编入，并冠以此名。《古诗十九首》是在汉代汉族民歌基础上发展起来的五言诗，内容多写离愁别恨和彷徨失意，情调低沉。但它的艺术成就却很高，长于抒情，善用事物来烘托，寓情于景，情景交融。深刻地再现了文人在东汉末年社会思想大转变时期，追求的幻灭与沉沦，心灵的觉醒与痛苦。艺术上语言朴素自然，描写生动真切，具有浑然天成的艺术风格。

15. 行行重行行

行行重行行，与君生别离。
相去万余里，各在天一涯。
道路阻且长，会面安可知？
胡马依北风，越鸟巢南枝。

相去日已远，衣带日已缓。
浮云蔽白日，游子不顾反。
思君令人老，岁月忽已晚。
弃捐勿复道，努力加餐饭。

◎　注释

（1）行行：走啊走啊。重行行：张玉谷《古诗十九首赏析》曰："言行之不止也。"重：又，再。

（2）生别离：活生生地分离。语出屈原《九歌·少司命》："悲莫悲兮生别离，乐莫乐兮新相知。"

（3）相去：相距，相离。

（4）天一涯：天一方。《广雅》曰："涯，方也。"

（5）道路阻且长：语出《诗经·秦风·蒹葭》："溯洄从之，道阻且长。"阻：艰险，艰辛；长：遥远。

（6）胡马：北方所产的马。

（7）越鸟：南方所产的鸟。此两句是当时习用的比喻，借喻眷恋故土之意。《韩诗外传》曰："诗云'代马依北风，飞鸟栖故巢'，皆不忘本之谓也。"徐中舒《古诗十九首考》曰："胡马依北风而立，越燕望海日而熙，同类相亲之意也。"

（8）已：同"以"。远：久。

（9）缓：宽松。此两句化用汉乐府《古歌》"离家日趋远，衣带日趋缓。"这句意思是说，人因相思而躯体一天天消瘦，因而感到衣带松弛。

（10）浮云蔽白日：语出《古杨柳行》"谗邪害公正，浮云蔽白日"，比喻邪佞谗害忠良。

（11）顾反：还返，回家。反：同"返"。此两句有两种解释：其一，"浮云"为邪佞，陆贾的《新语》曰："邪臣之蔽贤，犹浮云之障日月。"文子曰："日月欲明，浮云盖之。"其二，"浮云"为他乡女子，游子为她所迷惑，故不念家，不欲返。

（12）老：指心身憔悴，有似衰老而已。语出《诗经·小雅·小弁》："惟忧用老。"

（13）晚：指行人未归，岁月已晚。此句化用《诗经·小雅·采薇》："曰归曰归，岁亦莫止。"表明春秋忽代谢，相思又一年，暗喻青春易逝。

（14）弃捐：抛弃。"弃"与"捐"同义。

（15）加餐饭：汉时安慰对方的常用语。汉乐府《饮马长城窟行》云："长跪读素书，书中竟何如？上言加餐饭，下言长相忆。"

You are Going, Going and Going on

You are going, going and going on,

Leaving me desperately alone.

We will be thousands of miles apart,

Living separately with a world afar.

As the road is rugged and long, my dear,

Who can say if we can meet this year?

The northern steeds would in north wind rest;

The southern birds in south trees nest.

Day by day, the farther you go;

Day by day, the thinner I grow.

The drifting cloud has shrouded the sun,

But you wouldn't back home run.

Missing you makes me look older and older,

When winter days become colder and colder.

You've left me away, and I have nothing to say,

But I wish still you would eat your fill.

16. 青青河畔草

青青河畔草，郁郁园中柳。

盈盈楼上女，皎皎当窗牖。

娥娥红粉妆，纤纤出素手。

昔为倡家女，今为荡子妇。

荡子行不归，空床难独守。

◎　**注释**

（1）青青河畔草：形容春光明媚的样子，化用《饮马长城窟行》的首句："青青河边草。"

（2）郁郁：草木茂盛的样子。柳：谐"留"音，折柳是留客的意思，汉人已有折柳留别的风俗。

此句隐含义为：荡子妇见到郁郁的"园中柳"，想到当年分别时依依不舍的情景。

（3）盈盈：通"嬴"，容也，即女子姿容美好、仪态万方的样子。

（4）皎皎：《说文》曰："月之白也"，此处形容女子肤色白皙的样子。当：临。牖：窗。

此两句不但写人，还夹带叙事，上句登楼，下句开窗，都是为了远望怀人。

（5）娥娥：朱自清曰："娥，方言，秦晋之间，美貌谓之娥。"红粉：胭脂之谓也。妆：涂抹打扮。

（6）纤纤：细长的样子。素手：洁白的手指。化用《诗经·魏风·葛屦》："纠纠葛屦，可以履霜。掺掺女手，可以缝裳。"

（7）倡家女：从事歌舞的女艺人。倡：《说文》曰："倡，乐也"，此处指"歌舞伎"。

（8）荡子：游子，即出门在外、游宦异乡的人，出自《列子》："有人去乡土游于四方而不归者，世谓之狂荡之人也。"妇：妻室。

Green River-side Grass

Green, green grows the river-side grass;

Lush, lush look the garden willows.

Bonnie, bonnie stands upstairs the lass;

Fair, fair leans she by the windows.

Soft, soft stretch her tender fingers;

Fine, fine is dressed up her pink face.

Once in a whore-house she was a singer,

Now she's married to a vagrant of no trace.

How can she bear to go to bed alone,

As he wanders into a distant zone?

17. 青青陵上柏

青青陵上柏，磊磊涧中石。

人生天地间，忽如远行客。

斗酒相娱乐，聊厚不为薄。

驱车策驽马，游戏宛与洛。

洛中何郁郁，冠带自相索。

长衢罗夹巷，王侯多第宅。

两宫遥相望，双阙百余尺。

极宴娱心意，戚戚何所迫？

◎ 注释:

（1）陵：状如丘陵的古墓，古时帝王的坟墓。《庄子》载："仲尼曰：'受命于地，唯松柏独也，在冬夏常青青。'"

（2）磊磊：众多石头堆积的样子。涧：山间的溪流。此两句中的"青柏"和"磊石"都是永恒长存之喻，以衬托人生无常之感慨。

（3）忽：迅速，形容时间短暂。

（4）斗：古代酒器，斗酒是指酒不多。

（5）聊：姑且。厚、薄：指酒的浓淡，一说指酒的多少。

（6）策：鞭打，此为鞭策之意。驽马：劣等马、瘦马、迟钝的马。

（7）宛：古代地名，西汉南阳郡宛县，东汉有南都之称，即现在的南阳。洛：洛阳，东汉的京城。此句宛与洛并称，但下文只写洛，与全诗用韵有关。

（8）郁郁：繁盛的样子，这里指洛阳的繁华热闹景象。

（9）冠带：戴冠束带的人，指富贵者。索：交接，探访。

（10）衢：大街。罗：罗列。夹巷：大街两边的小巷、胡同。

（11）两宫：当时洛阳有南北两大宫殿，相距七里。

（12）双阙：古代宫殿前左右各建高台，台上有楼观。

（13）极宴：尽情地欢宴。

（14）戚戚：忧愁的样子，语出《论语·述而》："君子坦荡荡，小人常戚戚。"迫：指心情压抑。

Green Cypress on the Mound

Green, green grows the cypress on the mound,

Piles, piles of stone in the steams are found.

Between earth and heaven our lives fly past,

Like travelers completing a long journey, so fast.

Let these goblets of wine be our pleasure;

Whether it is strong or weak, just don't measure.

I race my cart and whip the lagging steed,

And seek pleasure in Wan and Luo to our need.

Here in Luoyang, what a surging street,

Capped and belted men chasing each other's feet!

Long avenues are woven with narrow alleys,

Lined with many mansions of princes and peers.

Two Palaces face each other from afar,

Each with a hundred—foot tall twin towers.

Let's enjoy grand feast, and delight our heart —

What on earth can bring us grievous hours?

18. 今日良宴会

今日良宴会，欢乐难具陈。

弹筝奋逸响，新声妙入神。

令德唱高言，识曲听其真。

齐心同所愿，含意俱未申。

人生寄一世，奄忽若飙尘。

何不策高足，先据要路津。

无为守贫贱，轗轲长苦辛。

◎ **注释**

（1）良宴会：热闹的、奢华的宴会。

（2）具陈：全部说出，一一述说。

（3）筝：乐器名，瑟类。奋逸响：发出超越寻常的、不同凡俗的音响。

（4）新声：当时流行的曲调。马茂元《古诗十九首初探》认为，"可能是从西北邻族传来的胡乐。因为伴奏的乐器是筝，筝是秦声，适应于西北的乐调"。朱自清《古诗十九首释》认为："'新声'是歌，'弹筝'是乐，是伴奏。'新声'是翻胡乐的调子，当时人很爱听。"妙入神：称赞乐调旋律达到高度的完满调和。

（5）令德：贤者，这里指作歌辞的人。令：美。高言：高妙之论，这里指歌辞。

(6) 唱高言：犹言首发高论。唱：古作"倡"，这里泛用于言谈。指知音的人不仅欣赏音乐的悦耳，而是能用体会所得发为高论。识曲：知音者。听其真：指听懂了其中包含的人生真谛。真：谓曲中真意。

(7) 齐：一致。含意：是说心中都已认识那曲中的真理。未伸：没有表达出来。此两句意谓以上乐曲中包含的人生感慨，是人所共有的想法，只是其中的含义大家想到而说不出来。

(8) 奄忽：急遽的意思。飙尘：暴风自下而上为"飙"，"飙尘"，是卷地狂风里的一阵尘土。此两句是说人在世上是暂时寄居，如狂风吹扬起的尘土，聚散无定，转瞬即逝。

(9) 策：鞭马前进。高足：指快马。

(10) 要路津：比喻有权有势的地位。津：渡口。以上两句是说应该赶快取得高官要职。

(11) 无为：用不着。为：语气助词，无义。

(12) 轗轲（kǎn kē）：本是车行不利的意思，引申为人不得志的意思。《广韵》曰："车行不利曰轗轲，故人不得志亦谓之轗轲。"

I Attended a Sumptuous Feast

I attended a sumptuous feast today;

Its hilarity was beyond my word.

There was a wonderful zither play;

The new tunes could even move our Lord.

In them virtuous men delivered a deep strain,

Which those who knew the music could admire.

Their sense was all within the common ken,

But to silence the audience would retire.

We spend our lifetime like taking a trip,

And disappear swiftly like rising dust.

Why do you hesitate your steed to whip,

And take up the chance and grasp an important post?

You do not have to lead a humble life,

And walk on a rugged road in a hard strife.

19. 西北有高楼

西北有高楼，上与浮云齐。

交疏结绮窗，阿阁三重阶。

上有弦歌声，音响一何悲！

谁能为此曲，无乃杞梁妻。

清商随风发，中曲正徘徊。

一弹再三叹，慷慨有余哀。

不惜歌者苦，但伤知音稀。

愿为双鸿鹄，奋翅起高飞。

◎ **注释**

（1）交疏：窗格雕镂花纹。疏：镂刻。结：张挂。绮（qǐ）：有花纹的丝织物。此句说窗
格装饰华美。

（2）阿（ē）阁：四面有檐的楼阁。"阿"是"四阿"的略称，是四面有檐、四面有廊的建筑物。
三重阶：三重阶梯。可见此楼不是建在地面上而是建在台上。朱自清的《古诗十九首释》
说："阿阁是宫殿的建筑物，即使不是帝居，也该是王侯的第宅。"

（3）弦歌声：歌声中有琴弦伴奏。

（4）无乃：莫非，岂不是。杞梁妻：杞梁妻的故事，最早见于《左传·襄公二十三年》，后
来许多书都有记载。据说齐国大夫杞梁，出征莒国，战死在莒国城下。其妻临尸痛哭，
一连哭了十个日夜，连城也被她哭塌了。《琴曲》有《杞梁妻叹》，《琴操》说是杞梁
妻作，《古今注》说是杞梁妻妹朝日所作。这两句是说，楼上谁在弹唱如此凄婉的歌曲呢？
莫非是像杞梁妻那样的人吗？

（5）清商：乐曲名，曲调清越，适宜表现哀怨的感情。发：传播。

（6）中曲：乐曲的中段。徘徊：指乐曲旋律回环往复。

（7）一弹再三叹：《乐记》曰："一倡而三叹，有遗音者矣。"郑玄注："倡，发歌句也，三叹，
三人从而叹之耳。"这个"叹"大概是和声。

（8）慷慨：感慨、悲叹的意思，此处指不得志的心情。《说文》曰："慷慨，壮士不得

志于心也。"

(9) 惜：悲，叹惜。

(10) 知音：懂得乐曲中意趣的人，这里引申为知心好人。语出伪书《列子》："伯牙善鼓琴，钟子期善听。伯牙鼓琴，志在高山。钟子期曰：'善哉，峨峨兮若泰山！'志在流水，钟子期曰：'善哉，洋洋兮若江河！'伯牙所念，钟子期必得之。子期死，伯牙谓世再无知音，乃破琴绝弦，终身不复鼓。"这两句是说，我难过的不只是歌者心有痛苦，而是她内心的痛苦没有人理解。

(11) 鸿鹄：大雁或天鹅一类善于高飞的大鸟，据朱骏声《说文通训定声》说："凡鸿鹄连文者即鹄。"鹄：就是"天鹅"；一作"鸣鹤"。

(12) 高飞：远飞。这两句是说愿我们像一双鸿鹄，展翅高飞，自由翱翔。

A Lofty Building in the Northwest

In the northwest a lofty building is found,

Its roof soaring with cloud drifting around.

Its patterned windows are made of carved strips,

Three stairways leading to large eave attics,

From which floats out the sound of songs and strings;

What a sorrowful tune the music brings.

Who on earth is playing this tragic tune?

Is it Qi Liang's widow crying for her misfortune?

The Clear Shang melody waves with breeze;

Its middle tune lingers over our ears.

One strike on the chord brings out three sighs,

Her depressed heart burst out in mournful cries.

It's not her bitter life but a bosom lad

Being rare to get that makes me so sad.

How I wish we could soar into the sky

Like a couple of swans flying side by side.

20. 涉江采芙蓉

涉江采芙蓉，兰泽多芳草。

采之欲遗谁，所思在远道。

还顾望旧乡，长路漫浩浩。

同心而离居，忧伤以终老。

◎　**注释**

（1）涉江：跋涉过河，古诗中的"江"多指"河"。芙蓉：荷花的别名。

（2）兰泽：生有兰草的沼泽地。

（3）遗（wèi）：赠。

（4）所思：所思念的人，语出《楚辞·九歌·山鬼》"折芳馨兮遗所思"。远道：远方。

（5）还顾：回顾，回头看。旧乡：故乡。

（6）漫浩浩：漫漫浩浩，无边无际，此处形容路途的遥远无尽头。

（7）同心：古代习用的成语，多用于男女之间的情投意合。

（8）终老：度尽晚年直至去世。

I Wade the River

I wade the river and pluck lotus blooms;

On the orchid marsh abounds scented grass.

To whom shall I present what I pluck,

Since my beloved lives in a remote place?

When I look back at my old homeland,

The road that lies ahead is rough and long.

We are heart to heart but live far apart,

With me Grief stays until I spend all my days.

21. 明月皎夜光

明月皎夜光，促织鸣东壁。

玉衡指孟冬，众星何历历。

白露沾野草，时节忽复易。

秋蝉鸣树间，玄鸟逝安适。

昔我同门友，高举振六翮。

不念携手好，弃我如遗迹。

南箕北有斗，牵牛不负轭。

良无盘石固，虚名复何益？

◎ **注释**

（1）皎：洁白，此处用作动词，照明，照亮。

（2）促织：蟋蟀。张庚《古诗十九首解》曰："东壁向阳，天气渐凉，草虫就暖也。"

（3）玉衡：指北斗七星中的第五至七星。北斗七星形似酌酒的斗：第一星至第四星成勺形，
    称斗魁；第五星至第七星成一条直线，称斗柄。由于地球绕日公转，从地面上看去，斗
    星每月变一方位。古人根据斗星所指方位的变换来辨别节令的推移。孟冬：冬季的第一
    个月。这句是说由玉衡所指的方位，知道节令已到孟冬（夏历的十月）。

（4）历历：分明的样子；一说，历历，行列貌。

（5）易：变换。

（6）玄鸟：燕子。逝：飞往。安适：往什么地方去？燕子是候鸟，春天北来，秋时南飞。这
    句是说天凉了，燕子又要飞往什么地方去了？

（7）同门友：同窗，同学。

（8）六翮（hé）：鸟的羽茎。据说善飞的鸟有六根健劲的羽茎。《韩诗外传》曰："夫鸿鹄
    一举千里，所恃者，六翮耳。"这句是以鸟的展翅高飞比喻同门友的飞黄腾达。

（9）遗迹：行人身后遗留的足迹。此句是说，就像行人遗弃脚印一样抛弃了我。

（10）南箕：星名，形似簸箕。北斗：星名，形似斗（酌酒器）。

（11）牵牛：指牵牛星。轭：车辕前横木，牛拉车则负轭。"不负轭"是说不拉车。这两句是
    用南箕、北斗、牵牛等星宿的有虚名无实用，比喻朋友的有虚名无实用。

（12）良：确实，诚然。盘石：同"磐石"，特大石。古人用磐石象征情感的坚贞。

The Moon Shines Brightly

The clear moon shines brightly at night;

Myriad stars illuminate the sky in sight.

Crickets chirp on the east wall, you can peep;

And the Plough points to the night deep.

The white dew settles on the wild grass;

Alas, the seasons are changing so fast.

While cicadas chirr in autumn trees;

Where can swallows fly their shelter to seek?

My schoolfellows in the old years

Have achieved great success in their careers.

They do not keep our friendship in their mind,

And abandon me like leaving footmarks behind.

The Winnow and Ladle Stars don't winnow

And ladle, and the Cowherd Star can't plow.

Since our friendship is not so firm as rock,

What's the use of empty names they talk.

22. 冉冉孤生竹

冉冉孤生竹，结根泰山阿。

与君为新婚，菟丝附女萝。

菟丝生有时，夫妇会有宜。

千里远结婚，悠悠隔山陂。

思君令人老，轩车来何迟！

伤彼蕙兰花，含英扬光辉。

过时而不采，将随秋草萎。

君亮执高节，贱妾亦何为！

◎ 注释

（1）冉冉：枝条柔弱的样子。

（2）结根：扎根。泰山：即"太山"，大山、高山。阿：山坳。这两句是说，柔弱的孤竹生长在荒僻的山坳里，借喻女子的孤独无依。

（3）为新婚：刚出嫁婚娶。

（4）菟丝：一种旋花科的蔓生植物，需攀附其他植物生长，此为女子自比。女萝：一说即"松萝"，一种缘松而生的蔓生植物；以比女子的丈夫。这句是说二人都是弱者。

（5）时：季节。

（6）宜：适当的时间。这两句是说，菟丝及时而生，夫妇亦当及时相会。

（7）悠悠：遥远的样子。山陂：泛指山和水。吕向注："陂，水也。"这两句是说路途遥远，结婚不易。

（8）轩车：有篷的车，古代大夫所乘。这里指迎娶的车。这两句是说，路远婚迟，使她容颜憔悴。

（9）蕙、兰：两种同类香草。此为女子自比。

（10）含英：含苞待放。英：犹"花"。扬光辉：焕发绚丽的色彩。

（11）萎：枯萎，凋谢。这四句是说，蕙兰过时不采，它将随着秋草一同枯萎了。

（12）亮：同"谅"，料想。执：持。高节：高尚的节操。

（13）贱妾：女子谦称。这两句是说，君想必守志不渝，我又何苦自艾自怨。

A Solitary Bamboo

A solitary bamboo that grows frail
Takes roots on a big mountain's vale.

I'm newlywed to you, a man so fine,
Like a dodder twining around a vine.

As a dodder grows in its proper days,
So we couple should have proper home-stays.

I came across a thousand miles to marry
You, with mountains and rivers to tarry.

Missing you makes me look old and wane,

How slow is your cart on the coming lane.

I do feel sad about the orchid flower;

How pleasing it is in youth and power.

If you don't pick the flower in its prime,

It'll wither with the grass in autumn time.

I'm sure you're stuck faithfully to our love;

Then why do I have such complaints above?

23. 庭中有奇树

庭中有奇树，绿叶发华滋。

攀条折其荣，将以遗所思。

馨香盈怀袖，路远莫致之。

此物何足贵，但感别经时。

◎　**注释**

（1）奇树：一直以来，学者们都训之为"嘉木，珍奇之树"，此训与后面的"此物何足贵"
相矛盾，因此本书认为，"奇"不成偶也，"奇树"乃孤单之树，此为思妇自比。奇（jī）：
单数，不成偶。《说文》曰："奇，一曰不偶。"《山海经·海外西经》有云："奇肱之国，
其人一臂三目，有阴有阳。"

（2）发华滋：花开得正繁盛。发：绽放；华：同"花"；滋：繁茂。

（3）荣：花。

（4）遗（wèi）：赠送。所思：所思念的人。

（5）盈：满。

（6）莫致之：不能送达。致：送达。

（7）贵：献，一作"贡"。此两句是说，这花儿本身并不珍贵，只是离别久了，才借它来表
达我对你的思念罢了。

A Single Tree in the Courtyard

In the courtyard stands a tree not in pair,

With green leaves and myriad flowers.

I bent its twigs and pick a bouquet fair,

And present it to the one I've missed all hours.

My sleeves are filled with its fragrant smell;

It can't reach a far place where's my sweetheart.

Such a gift is not a precious spell,

But may extend my heart left long apart.

24. 迢迢牵牛星

迢迢牵牛星，皎皎河汉女。

纤纤擢素手，札札弄机杼。

终日不成章，泣涕零如雨。

河汉清且浅，相去复几许！

盈盈一水间，脉脉不得语。

◎ **注释**

(1) 迢（tiáo）迢：遥远。牵牛星：河鼓三星之一，和织女星隔银河相对，民间称"牛郎星"，
是天鹰星座的主星。

(2) 皎皎：明亮的样子。河汉：银河。女：指织女星，与牵牛星遥遥相对，是天琴星座的主星。

(3) 纤纤：细长的样子。擢（zhuó）：伸出，举起。素手：洁白的手指。这句是说，伸出细
长而白皙的手。

(4) 札（zhá）札：织布机发出的声音。弄：摆弄。杼（zhù）：织布机上的梭子。正摆
弄着织机（织着布），发出札札的织布声。

（5）终日不成章：一整天也织不出布来。章：布帛上的经纬纹理，这里指布帛。此处化用《诗经·小雅·大东》："跂彼织女，终日七襄。虽则七襄，不成报章。"《诗经》原义是织女徒有虚名，不会织布；这里则是说织女因害相思，而无心织布。

（6）泣涕：哭泣，落泪。零：落。此句语出《诗经·邶风·燕燕》："瞻望弗及，泣涕如雨。"

（7）几许：多少。这两句是说，织女和牵牛二星彼此只隔着一条银河，相距才有多远？

（8）盈盈：清澈、晶莹的样子。间（jiàn）：隔。

（9）脉脉：含情凝视的样子。

The Cowherd Star Shines afar

Far, far away hangs the Cowherd Star;

Bright, bright shines the Weaver Maid at night.

Soft, soft she raises her tender hands,

Clack, clack sounds the loom she operates.

All the day, she stops weaving time and again.

With tears in her eyes pouring like rain.

The Milky Way is shallow and clear,

But it keeps her away from her dear.

Not across the clear waterway can they walk;

In passionate sight, they even can't talk.

25. 回车驾言迈

回车驾言迈，悠悠涉长道。

四顾何茫茫，东风摇百草。

所遇无故物，焉得不速老。

盛衰各有时，立身苦不早。

人生非金石，岂能长寿考？

奄忽随物化，荣名以为宝。

◎　注释

(1) 回车：回转车驾。言：语气助词，无义。迈：远行。

(2) 悠悠：远而未至之貌。涉：跋涉，本义是徒步过水；引申之，凡渡水都叫"涉"；再引申之，则不限于涉水，这里是"涉长道"，即"历长道"。

(3) 茫茫：广大而无边际的样子。这里用以形容"东风摇百草"的客观景象，并承上"悠悠涉长道"而抒写空虚无着落的远客心情。

(4) 东风：指春风。百草：新生的草。

(5) 故：旧。"无故物"承"东风摇百草"而言，节序推移，新陈代谢，去年的枯草，已成"故物"，当然看不到了。

(6) 焉得：怎能。"焉得不速老"是由眼前事物而产生的一种联想：草很容易由荣而枯，人又何尝不很快地由少而老呢？

(7) 各有时：各有其时，是兼指百草和人生而说的。立身：指在"立德、立功、立言"方面有所建树。苦：患于。此两句是说，人生一世，草木一秋，盛衰各有其时。一个人要有所建树就应该及早抓紧。

(8) 金：言其坚。石：言其固。此句是说人生脆弱，没有金石那么坚固。

(9) 长寿考：万寿无疆永远活着。考：老。

(10) 奄忽：急遽。随物化：指死亡，语出《庄子·刻意》："圣人之生也天行，其死也物化。"

(11) 荣名：荣誉和名声。此两句是说，人生短促，躯体很快会化为异物，只有荣誉和名声最为宝贵。

I Turn my Carriage

I turn my carriage and set out;

Along a rough long road I pass.

I see a wilderness about;

The east wind blows at weeds and grass.

I meet with things I know not at all.

Oh, I'm getting old in no time!

Everything has its rise and fall.

Do win great success in your prime!

Man differs from metal or stones.

Can we live to hundred years old?

We'll soon become a heap of bones.

Let's value glory more than gold!

26. 东城高且长

东城高且长，逶迤自相属。

回风动地起，秋草萋已绿。

四时更变化，岁暮一何速！

晨风怀苦心，蟋蟀伤局促。

荡涤放情志，何为自结束？

燕赵多佳人，美者颜如玉。

被服罗裳衣，当户理清曲。

音响一何悲！弦急知柱促。

驰情整巾带，沉吟聊踯躅。

思为双飞燕，衔泥巢君屋。

◎ **注释**

（1）东城：洛阳东边的城墙。

（2）逶迤：曲折而绵长的样子。相属：相连。

（3）回风：空旷地方自下而上吹起的旋风。动地起：表示风力之劲。

（4）已：一作"以"。萋已绿：是说在秋风摇落之中，草的绿意已凄然不复存了。萋：同"凄"。

（5）更变化：即互相更替在变化着。更：更迭。

（6）岁暮：指秋冬之际，此句化用《楚辞·离骚》："岁月忽其不淹兮，春与秋其代序。"

（7）晨风：鸟名，就是鹯（zhān），鸷鸟，是健飞的鸟。怀苦心：即"忧心钦钦"之意。此
      句化用《诗经·秦风·晨风》："鴥彼晨风，郁彼北林。未见君子，忧心钦钦。"

（8）局促：不开展。"蟋蟀在堂"就是"局促"的意思。秋季渐寒，蟋蟀就暖，由旷野入居室内，

到了"在堂",则是秋意已深的时候,而蟋蟀的生命也就垂垂老矣。伤局促:隐喻人生短暂的悲哀,提示下文"何为自结束"的及时行乐的想法。

(9)荡涤:洗涤,指扫除一切忧虑。放情志:展开胸怀,驰骋感情和意志。

(10)自结束:指自己在思想上拘束自己,即自我束缚。结束:约束。

(11)燕赵:战国时代二国名。燕都在今北京南郊的大兴县,赵都在今河北省邯郸县。

(12)如玉:形容肤色洁白。

(13)被服:穿着。裳衣:即"衣裳",古时有所区别,在上称"衣",在下称"裳"。

(14)理:指"乐理",当时艺人练习音乐歌唱叫作"理乐"。清曲:清商曲,是当时流行的曲调。

(15)弦急知柱促:"弦急""柱促"是一个现象的两面,都是表明弹者情感的激动。

(16)驰情:遐想,深思。巾带:内衣的带子。

(17)沉吟:沉思吟咏。聊:姑且,表现无以自遣的怅惘心情。踟蹰:伫足。

(18)思为双飞燕两句:上句是说愿与歌者成为"双飞燕";下句是"君",指歌者。"衔泥巢屋",意指同居。

The East City Wall

High and long goes the east city wall around;

It snakes and winds hither and thither.

Autumn wind whirls up from the ground;

And lush and green grass begins to wither.

Four seasons are chasing one another;

The year draws out in the twinkling of an eye.

Falcons seem to be too sad and bothered;

Crickets are eager to find warmth to lie.

Shake off bondage and let your soul be bright;

How can you bear a self-binding so tight?

In the north dwell so many ladies fair.

With complexions flawless like a pure jade.

A girl by the window in silk attire.

Plucks the lute and sings a beautiful lay.

What a distressing music she performs

With her swift work on strings and chords!

Enchanted, I fiddle with my belt and kerchief;

I stop my steps and in reverie I roam.

We'd be swallows flying in pairs, I believe;

I'd build a nest and give you a warm home.

27. 驱车上东门

驱车上东门，遥望郭北墓。

白杨何萧萧，松柏夹广路。

下有陈死人，杳杳即长暮。

潜寐黄泉下，千载永不寤。

浩浩阴阳移，年命如朝露。

人生忽如寄，寿无金石固。

万岁更相送，贤圣莫能度。

服食求神仙，多为药所误。

不如饮美酒，被服纨与素。

◎　**注释**

（1）上东门：洛阳东城三个城门中最靠北的城门。

（2）郭北：外城城墙以北。洛阳城北的北邙山上，古多陵墓。

（3）白杨、松柏：古代多在墓上种植白杨、松、柏等树木，作为标志。广路：宽广的道路。

（4）陈死人：久死的人。陈：久。

（5）杳杳：幽暗的样子。即：就，身临。长暮：长夜。这句是说，人死后葬入坟墓，就如同永远处在黑夜里。

（6）潜寐：深眠。寐：入睡。

（7）浩浩：流动的样子。阴阳：古人以"阴""阳"概括天地、宇宙、四时和人事万物，四时之中，以春夏为阳，秋冬为阴。这句是说，岁月的推移就像江河一样浩浩东流，无穷无尽。

（8）年命：寿命。朝露：比喻人生短暂。曹操的《短歌行》有"对酒当歌，人生几何？譬如朝露，去日苦多。"

（9）忽：急速。寄：旅居。语出《尸子》："人生于天地之间，寄也。"

（10）更：更迭。万岁：自古。这句是说自古至今，生死更迭，一代送走一代。

（11）度：过，超越。这句是说，即使是圣贤也无法超越"生必有死"这一自然规律。

（12）服食：服用道家炼的丹药以求长生不老。

（13）被服：穿着。被：同"披"。纨与素：白色丝绢，指华丽的服装。这四句是说，服丹药，求神仙，也没法长生不死，还不如饮美酒，穿绸缎，图个眼前快活。

I Drive my Cart to the Upper East Gate

I drive my cart to the Upper East Gate,

And look around the north hill where graves lie

Poplars shake and rustle in the gale;

Pine and cypress line up by the road wide.

Many dead are buried there underneath;

Dark and dark they sunk into their long night,

In the netherworld their sleep is so deep;

They will never wake however long time.

Times of heat and cold change alternately;

But our life may wither like morning dew.

As human life is brief as a sojourn;

Unlike metal or stones, our years are so few.

Days chasing days, and years burying years,

Even sages cannot escape their fate.

Those who seek long life in magic potions

May end by poisoning in most rate.

It's far better to drink delicious wine,

And clothe ourselves in silk soft and fine!

28. 去者日以疏

去者日以疏，来者口已亲。

出郭门直视，但见丘与坟。

古墓犁为田，松柏摧为薪。

白杨多悲风，萧萧愁杀人！

思还故里闾，欲归道无因。

◎ **注释**

（1）去者：流逝的岁月，这里指年轻时的日子。日以疏：一天天远去了。以：古"以""已"
通用，义同；疏：疏远。

（2）来者：将来的岁月，这里指衰老时的日子。日以亲：一天比一天迫近。亲：亲近。

（3）郭门：城外曰郭，"郭门"就是外城的城门。直视：放眼望去。

（4）犁：农具，这里作动词用，就是耕的意思。摧：折，斫断。上句是说，古墓已平，被人
犁成田地；下句是说，墓上的柏树，被人斫断，当作柴烧。

（5）白杨：种在丘墓间的树木。萧萧：风吹过白杨的声音。

（6）还：通"环"，环绕的意思。故里闾：故居。里：古时人户聚居的地方通称"里"；闾：
里门。

（7）因：缘由。

Gone are the Years that were Young

Gone are the years that were young and carefree;

Coming are the days of old age and fall.

Watching out of the gate of the city wall,

Nothing but graves and mounds I see.

The ancient tombs are plowed into flat ground;

Pines and cypress trees are chopped into firewood.

Among poplars the wind blows in a sad mood;

Its moaning drives me grievous all around.

How I wish I'd go back to my hometown,

But the rough way home shuts me down.

29. 生年不满百

生年不满百，常怀千岁忧。

昼短苦夜长，何不秉烛游！

为乐当及时，何能待来兹？

愚者爱惜费，但为后世嗤。

仙人王子乔，难可与等期。

◎　**注释**

（1）生年：一个人活在世上的时间。

（2）常怀：总是挂念。千岁忧：对身后诸事（如子女、名誉、地位、财产等）的忧虑。

（3）秉烛游：拿着蜡烛作长夜之游。秉：执。

（4）为乐：行乐。

（5）来兹：来年。草新生为"兹"，由于草一年生一次，故引申为"年"。

（6）费：费用，指钱财。

（7）嗤：轻蔑地笑。此两句是说，愚蠢的人因吝啬钱财而不愿及时行乐，只会被后世之人嗤笑。

（8）王子乔：古代传说中的仙人。刘向《列仙传》曰："王子乔，周灵王太子晋也。好吹箫，作凤鸣。浮丘公接上嵩山，三十余年，仙去。"

（9）等：相同的。期：期待，期盼，指成仙之事不是一般人所能期待。

Hardly can Man Live One Hundred Years

Hardly can man live one hundred years,

But might have one thousand years of cares and fears.

Since short is the day and long is the night,

Why not amuse ourselves in candle light?

We should enjoy ourselves while we may;

Could we afford to await the future day?

Only fools who begrudge what they earn,

Will be derided whey they are in urn.

Forget about Wang Ziqiao the immortal;

How can we expect a life eternal?

30. 凛凛岁云暮

凛凛岁云暮，蝼蛄夕鸣悲。

凉风率已厉，游子寒无衣。

锦衾遗洛浦，同袍与我违。

独宿累长夜，梦想见容辉。

良人惟古欢，枉驾惠前绥。

愿得常巧笑，携手同车归。

既来不须臾，又不处重闱。

亮无晨风翼，焉能凌风飞？

眄睐以适意，引领遥相睎。

徙倚怀感伤，垂涕沾双扉。

◎ 注释

（1）凛凛：寒气凛冽。岁云暮：年岁将暮。云：语气助词，无义。

（2）蟋蟀：一种害虫，夜喜就灯光飞鸣。夕：一作"多"。鸣悲：一作"悲鸣"。

（3）率：大概的意思。厉：猛烈。

（4）锦衾：锦织的被子。遗：送给。洛浦：洛水之滨。传说伏羲氏女宓妃游于洛浦，溺死在洛水之中，成为洛水之神。后遂以"洛浦"指代男子艳遇宓妃的地方。

（5）袍：披风。"同袍"语出《诗经·秦风·无衣》："岂曰无衣？与子同袍。"此句以"同袍"表示"同衾共枕"的夫妻关系。违：相互背离。

（6）累：无数次地经历。

（7）容辉：容颜。这两句是说，由于长期的独宿，所以分外感到夜长。

（8）良人：古代妇女对丈夫的尊称。惟古欢：即思念旧情。惟：思念；古：故；欢：指欢爱的情感。

（9）枉驾：是说不惜委曲自己驾车而来。枉：屈。惠：赐予的意思。绥：挽人上车的绳索。结婚时，丈夫驾着车去迎接妻子，把绥授给她，引她上去。《礼记·昏义》："出御妇车，而婿授绥，御轮三周。"

（10）常：一作"长"。巧笑：是妇女美的一种姿态，语出《诗经·卫风·硕人》："巧笑倩兮，美目盼兮。"

（11）携手同车归：语出《诗经·邶风·邶风》："惠而好我，携手同归。"

（12）不须臾：没有一会儿。须臾：极短的时间。

（13）重闱：深闺。上句叙梦境的短暂，此句写醒后的悲哀，仍然是单身独宿，丈夫并不在"重闱"之中。

（14）亮：同"谅"。晨风：鸟名，鸳鸟，常常在早晨鸣叫求偶。

（15）眄睐：眼睛斜视。适：宽慰的意思。

（16）引领：伸着颈子、凝神远望的样子。晞：眺望。此句是说，在无可奈何的心情中，只有远望寄意，聊以自遣。

（17）徙倚：徘徊，来回地走。

（18）沾：濡湿。扉：余冠英《汉魏六朝诗选》："徘徊而泪湿门扉似不近理，疑'扉'当作'屝'。屝是粗履。凡草履、麻履、皮履都叫屝。"泪湿两只鞋似乎更在理。

Chill, Chill the End of the Year

Chill and chill is the end of the year

With mole-crickets crying in a sad tone.

As violently blows the wind cold and queer,

The coatless traveler is frozen to bone.

Sharing brocade quilts with his new sweetheart,

He deserts me coldly e'en in the same cape.

Many long nights, I sleep with a lone heart,

And hope to dream about his shining face.

In my dream, my man treasures our past days,

He drove his cart to wed me with his heart.

"I wish to see your charming smile everyday;

Let's go home hand in hand in the same cart."

His stay is short as a twinkle of an eye,

He has not even entered my bower.

As I don't have a falcon's wings to fly,

Can I meet my man without wind's power?

I reassure myself by looking at a sidelong way,

And raising my neck to have a farther sight.

Leaning on a doorpost, I feel my heart so gray,

And my tears wet the doors on both left and right.

31. 孟冬寒气至

孟冬寒气至，北风何惨栗。

愁多知夜长，仰观众星列。

三五明月满，四五蟾兔缺。

客从远方来，遗我一书札。

上言长相思，下言久离别。

置书怀袖中，三岁字不灭。

一心抱区区，惧君不识察。

◎ **注释**

（1）孟冬：指冬季的第一个月，即农历十月。

（2）惨栗：寒气凌人。

（3）三五：每月农历十五日。

（4）四五：每月农历二十日。蟾兔：指月亮。

（5）遗：赠。书札：书信。

（6）三岁：三年。灭：磨灭，消失。

（7）区区：指相爱之情。识察：识知察觉。此两句意指，我一心一意爱着你，只怕你不懂
得这一切。

The Freezing Air Comes with Early Winter

With early winter comes the air freezing;
The biting north wind drives me shivering.

The night is lengthened since my heart's grieving;
I gaze upon the sky with stars glittering.
On the fifteenth, the moon is a round plait;
On the twentieth, it conceals its half face.

A traveler coming from a remote place
Gave me a letter I have anticipated.
It first says a deep love for me you 'mbrace;
And then says we have long separated.

I've kept this letter in my inner sleeves;
Not a single word's faded many a year.

A deep love of you in my heart never leaves,

But you would totally ignore it, I fear.

32. 客从远方来

客从远方来，遗我一端绮。

相去万余里，故人心尚尔。

文彩双鸳鸯，裁为合欢被。

著以长相思，缘以结不解。

以胶投漆中，谁能别离此？

◎　**注释**

（1）遗（wèi）：赠送，此处为"捎带"之意。端：古人以二丈为一"端"，二端为一"匹"。
绮：有素色花纹的丝织品。

（2）故人：老朋友，此处指久别的"丈夫"。尚尔：还是如此。这两句是说尽管相隔万里，
丈夫的心仍然一如既往。

（3）文彩：指丈夫捎给妻子"一端绮"上的花纹图案。鸳鸯：匹鸟。古诗文中常用以比夫妇。

（4）合欢被：被上绣有合欢的图案。合欢被取"同欢"的意思。

（5）著：往衣被中填装丝绵叫"著"。"缠"与"长"谐音，"丝"与"思"谐音，故云"著
以长相思"。

（6）缘：饰边，镶边。这句是说被的四边缀以丝缕，使连而不解。缘与"姻缘"的"缘"音同，
故云"缘以结不解"。

（7）别离：分开。此两句是说，我们的爱情犹如胶和漆粘在一起，任谁也无法将我们拆散。

A Traveler Coming from a Remote Land

A traveler coming from a remote land

Sent a piece of satin cloth to my hand.

My love still keeps me in his tender heart,

Although we are thousands of miles apart.

I embroider on it two mandarin ducks,

Make it into a quilt of love and good lucks,

Fill in it long and twining threads inside,

And margin it with knots that can't be untied.

So long as we're lacquer mingled with glue,

Who on earth can separate us two?

33. 明月何皎皎

明月何皎皎，照我罗床帏。

忧愁不能寐，揽衣起徘徊。

客行虽云乐，不如早旋归。

出户独彷徨，愁思当告谁！

引领还入房，泪下沾裳衣。

◎　　**注释**

（1）何皎皎：多么明亮。

（2）罗床帏：罗帐。

（3）寐：入睡。

（4）揽衣：披衣，穿衣。揽：取。

（5）旋归：回归，归家。旋：转。

（6）引领：伸颈，抬头远望的意思。

（7）还入房：还是回到房间。

Bright, Bright Shines the Moon

Bright, bright shines the moon,

Shedding light into my bedroom.

As I am sleepless in distress,

I pace about with a dress.

Joyous as I've been on my tour,

Going home is a greater lure.

I walk out and wander alone.

To whom can I tell I'm forlorn?

I raise my neck, back to my room,

With my dress wetted by tears of gloom.

（汉）曹操

曹操（115—220），即魏武帝。字孟德，小字阿瞒。汉族，沛国谯（今安徽亳州）人。东汉末年著名政治家、军事家、诗人、书法家。其诗《蒿里行》《观沧海》等篇抒发自己的政治抱负，并反映汉末人民的苦难生活，气魄雄伟，慷慨悲凉。

34. 短歌行

对酒当歌，人生几何！
譬如朝露，去日苦多。

慨当以慷，忧思难忘。
何以解忧？唯有杜康。

青青子衿，悠悠我心。
但为君故，沉吟至今。

呦呦鹿鸣，食野之苹。
我有嘉宾，鼓瑟吹笙。

明明如月，何时可掇？
忧从中来，不可断绝。

越陌度阡，枉用相存。

契阔谈讌，心念旧恩。

月明星稀，乌鹊南飞。

绕树三匝，何枝可依？

山不厌高，海不厌深。

周公吐哺，天下归心。

◎ **注释**

（1）对酒当歌：一边喝着酒，一边唱着歌。当：唱歌的意思。一说"对"与"当"是对称同义，此句译为：面对着美酒与乐歌。

（2）几何：多少。此句表示人生短促、日月如梭。

（3）去日苦多：苦于过去的日子太多了。有慨叹人生短暂之意。

（4）慨当以慷：指宴会上的歌声激昂慷慨。当以：这里没有实际意义。

（5）杜康：相传是最早造酒的人，这里代指酒。

（6）青青子衿（jīn），悠悠我心：出自《诗经·郑风·子衿》。原写姑娘思念情人，这里用来比喻渴望得到有才学的人。子：对对方的尊称；衿：古式的衣领；青衿，是周代读书人的服装，这里指代有学识的人；悠悠：长久的样子，形容思虑连绵不断。

（7）沉吟：原指小声叨念和思索，这里指对贤人的思念和倾慕。

（8）呦（yōu）呦鹿鸣，食野之苹。我有嘉宾，鼓瑟吹笙（shēng）：出自《诗经·小雅·鹿鸣》。呦呦：鹿叫的声音；鼓：弹；苹：艾蒿。

（9）何时可掇（duō）：什么时候可以摘取呢？掇：拾取，摘取；另解掇读 chuò，为通假字，通"辍"，即停止的意思。何时可掇：意思就是什么时候可以停止呢？

（10）越陌度阡：穿过纵横交错的小路。陌：东西向田间小路；阡：南北向的小路。

（11）枉用相存：屈驾来访。枉：这里是"枉驾"的意思；用：以；存：问候，思念。

（12）讌（yàn）：同"宴"。

（13）匝（zā）：周，圈。

（14）海不厌深：一本作"水不厌深"。这里是借用《管子·形解》中的话，原文是："海不辞水，故能成其大；山不辞土，故能成其高；明主不厌人，故能成其众……"意思是表示希望尽可能多地接纳人才。

A Short Ballad

Oh, let us drink and sing a song;

How long does life e'er last?

Like morn dews not having lives long,

So many days have passed.

Our loud singing does encourage,

But I'm worn by deep woe.

What can dispel this discourage?

Dukang wine can work so.

Blue, blue is the collar you wear;

Long, long is my heart's vow.

Reoccupied by you, my dear,

I've kept chanting till now.

Yoo-yoo do the dears call in cheer,

And eat grass on the plain.

I have excellent talents here,

Good music we are playin'.

Bright, bright is the moon in the sky;

When'll it come to my side?

For this reason my grief comes nigh,

　And can never subside.

Crossing many a country lane,

　You're kind to come here.

We'd part and meet on feast again;

　I keep my friends so dear.

When the moon's bright and stars are sparse,

　To south a black bird flies.

It tries to find a branch to perch on

　By circling the trees thrice.

Mountains ne'er hate raising their height;

　Depth is the pursuit of the sea.

Duke Zhou catered to talents right;

　In his service all wished to be.

35. 龟虽寿

神龟虽寿，犹有竟时。

腾蛇乘雾，终为土灰。

老骥伏枥，志在千里。

烈士暮年，壮心不已。

盈缩之期，不但在天。

养怡之福，可得永年。

幸甚至哉，歌以咏志。

◎ 注释

（1）这首诗是曹操所作乐府组诗《步出夏门行》中的第四章。诗中融哲理思考、慷慨激情和艺术形象于一炉，表现了老当益壮、积极进取的人生态度。

（2）"神龟"两句：神龟虽能长寿，但也有死亡的时候。神龟：传说中的通灵之龟，能活几千岁；寿：长寿；竟：终结，这里指死亡。

（3）"腾蛇"二句：腾蛇即使能乘雾升天，最终也得死亡，变成灰土。腾蛇：传说中与龙同类的神物，能乘云雾升天。

（4）骥 (jì)：良马，千里马。伏：趴，卧。枥 (lì)：马槽。

（5）烈士：有远大抱负的人。暮年：晚年。已：停止。盈缩：指人的寿命长短。盈：满，引申为长；缩：亏，引申为短。但：仅，只。

（6）在天：由上天决定。

（7）养怡：指调养身心，保持身心健康。怡：愉快、和乐。

（8）永年：长寿，活得长。永：长久。

（9）幸甚至哉，歌以咏志：两句是附文，跟正文没关系，只是抒发作者感情，是乐府诗的一种形式性结尾。

Turtles Live Long

Though sacred turtles have a quite long life,

They still can't escape from their destined doom.

The flying snakes ride the fog in their strife,

But will turn to dust and earth as their tomb.

Old as a nice steed is which lies in stall,

It still aspires to run a thousand miles.

To an evening age a hero does fall;

Keeping noble ambitions is his styles.

It's not with heaven alone that does rest

If man lives a long life or a short one.

If we have a peaceful mind as we're blessed,

For us, a permanent life can be won.

I am so blessed and fortunate enough;

So I chant my ambition, firm and tough.

（晋）陶渊明

陶渊明（365—427），字元亮，又名潜，世称靖节先生，号五柳先生。浔阳柴桑人。东晋末至南朝宋初期伟大的诗人、辞赋家。曾任江州祭酒、建威参军、镇军参军、彭泽县令等职，最末一次出仕为彭泽县令，八十多天便弃职而去，从此归隐田园。他是中国第一位田园诗人，被称为"古今隐逸诗人之宗"。相关作品有《饮酒》《归园田居》《桃花源记》《五柳先生传》《归去来兮辞》等。

36. 饮酒（其五）

结庐在人境，而无车马喧。

问君何能尔？心远地自偏。

采菊东篱下，悠然见南山。

山气日夕佳，飞鸟相与还。

此中有真意，欲辨已忘言。

◎ **注释**

（1）结庐：建造住宅，这里指居住的意思。

（2）车马喧：指世俗交往的喧扰。

（3）君：指作者自己。何能尔：为什么能这样。尔：如此、这样。

（4）悠然：自得的样子。见（jiàn）：看见，动词。南山：泛指山峰，一说指庐山。

（5）日夕：傍晚。

（6）相与还：结伴而归。相与：相交，结伴。

（7）此中有真意：此里面蕴含着人生真正的意义。

Drinking Wine （5）

I build my hut where men do come and leave,

But hear no noise of many a horse and cart.

You would ask mc how I could so achicvc?

A distant heart will make the place apart.

Picking chrysanthemums down the east fence,

I see at ease the southern hill. The weather

Is so delightful in the sunset thence,

And birds are flying homewards together.

Some revelation exists in these views;

I want to tell, but my words fail in use.

37. 归田园居（其一）

少无适俗韵，性本爱丘山。

误落尘网中，一去三十年。

羁鸟恋旧林，池鱼思故渊。

开荒南野际，守拙归园田。

方宅十余亩，草屋八九间。

榆柳荫后檐，桃李罗堂前。

暧暧远人村，依依墟里烟。

狗吠深巷中，鸡鸣桑树颠。

户庭无尘杂，虚室有余闲。

久在樊笼里，复得返自然。

◎　**注释**

（1）少：指少年时代。适俗：适应世俗。韵：情调、风度。所谓"适俗韵"指的是逢迎世俗、周旋应酬、钻营取巧的那种情态。

（2）尘网：指尘世，官府生活污浊而又拘束，犹如网罗。这里指仕途。

（3）三十年：有人认为是"十三年"之误（陶渊明做官十三年）。

（4）羁鸟：笼中之鸟。

（5）池鱼：池塘之鱼。鸟恋旧林、鱼思故渊，借喻自己怀恋旧居。

（6）南野：一本作南亩。际：间。

（7）守拙：守正不阿。潘岳《闲居赋序》有"巧官""拙官"二词，巧官即善于钻营，拙官即一些守正不阿的人。守拙的含义即守正不阿。

（8）方：读作"旁"。这句是说住宅周围有土地十余亩。

（9）荫：荫蔽。

（10）罗：罗列。

（11）暧暧：暗淡的样子。

（12）依依：形容炊烟轻柔而缓慢地向上飘升。依：轻柔的样子。墟里：村落。

（13）狗吠深巷中，鸡鸣桑树颠：这两句全是化用汉乐府《鸡鸣》篇的"鸡鸣高树颠，犬吠深宫中"之意。

（14）户庭：门庭。尘杂：尘俗杂事。

（15）虚室：闲且静的屋子。余闲：闲暇。

（16）樊笼：蓄鸟工具，这里比喻仕途。樊：栅栏。

（17）返自然：指归耕园田。这两句是说自己像笼中的鸟一样，重返大自然，获得自由。

Back to Country Life （1）

I loathed the worldliness in my youth years;

My nature tends to life in hills and mounts.

I was misled into mundane careers,

And thirty years have been spent in discounts.

The birds in cages would long for their past woods;

The fish in pond would yearn for their old streams.

Thus I till the southern wasteland for foods,

And foolishly go back to country dreams.

There is more than ten *mu* of field around

My house with eight or nine rooms with grass tiles.

To its back, shades of elms and willows abound,

And in the front, peaches and plums stand in piles.

The manned villages loom in the distance,

Smoke from which rises gently in the air.

Dogs' bark is heard from the deep country lanes;

On the top of mulberry trees, cocks blare.

My house is free from worldly dust and chores,

And the empty rooms are filled with leisure.

I have stayed in a cage for years in scores,

And now return again to the nature.

38. 归田园居（其三）

种豆南山下，草盛豆苗稀。

晨兴理荒秽，带月荷锄归。

道狭草木长，夕露沾我衣。

衣沾不足惜，但使愿无违。

◎　**注释**

（1）南山：指庐山。

（2）稀：稀少。

（3）兴：起床。荒秽：形容词作名词，荒芜，指豆苗里的杂草。秽：肮脏。这里指田中杂草。
这句意思是早晨起来到田里清除野草。

（4）荷锄：扛着锄头。荷：扛着。

（5）狭：狭窄。草木长：草木丛生。长：生长。

（6）夕露：傍晚的露水。沾：（露水）打湿。

（7）足：值得。

（8）但使愿无违：只要不违背自己的意愿就行了。但：只；愿：指向往田园生活，"不为五斗米折腰",不愿与世俗同流合污的意愿;违:违背。

Back to Country Life（3）

I plant beans at the foot of the South Hill;

The weeds abound, and my beans shoots are sparse.

Rising at dawn, I start to weed until

Hoe on my shoulder, I go home with stars.

Along the narrow path, grass and bushes grow,

The evening dews have wet my dress and shoes.

Wetting my dress does not arouse my woe,

As long as my farming wish won't go loose.

39. 杂诗（其一）

人生无根蒂，飘如陌上尘。

分散逐风转，此已非常身。

落地为兄弟，何必骨肉亲！

得欢当作乐，斗酒聚比邻。

盛年不重来，一日难再晨。

及时当勉励，岁月不待人。

◎　**注释**

（1）蒂（dì）：瓜当、果鼻、花与枝茎相连处都叫蒂。

（2）陌：东西的路，这里泛指路。这两句是说人生在世没有根蒂，漂泊如路上的尘土。

（3）逐：追，随着。此：指此身。非常身：不是经久不变的身，即不再是盛年壮年之身。这句和上句是说生命随风飘转，此身历尽了艰难，已经不是原来的样子了。

（4）落地：刚生下来。这句和下句是说，世人都应当视同兄弟，何必亲生的同胞弟兄才能相亲呢？

（5）斗：酒器。比邻：近邻。这句和上句是说，遇到高兴的事就应当作乐，有酒就要邀请
　　近邻共饮。

（6）盛年：壮年。再：第二次。

（7）及时：趁盛年之时。这句和下句是说应当趁年富力强之时勉励自己，光阴流逝，并不
　　等待人。

Miscellaneous Poem （1）

Our human life is a rootless thing,

Like the dust on a country road.

As wind blows, it does drift and swing,

And can't be of a constant mode.

From their birth all men are brothers;

It is not just blood that relates us.

Do be merry if nothing bothers,

If you have wine, invite your neighbors.

That age is best which ne'er comes twice;

A day has no second sunrise.

In your prime, work hard as you can,

Since time and tide waits for no man.

（唐）武则天

武则天（624—705），名武曌，又被称为武则天或武后，并州文水（今山西文水县东）人。中国历史上唯一的正统的女皇帝，也是即位年龄最大（67岁即位）、寿命最长的皇帝之一（终年82岁）。

40. 如意娘

看朱成碧思纷纷，

憔悴支离为忆君。

不信比来长下泪，

开箱验取石榴裙。

◎　**注释**

（1）看朱成碧：把红色看成绿色。朱：红色；碧：青绿色。思纷纷：思绪纷乱。

（2）憔悴：瘦弱，面色不好看。

（3）比来：近来。

（4）石榴裙：典故出自梁元帝《乌栖曲》："芙蓉为带石榴裙。"本意是指红色裙子，转意指女性美妙的风情，因此才有了"拜倒在石榴裙下"一说。此两句：如果你不相信我近来因思念你而流泪，那就开箱看看我石榴裙上的斑斑泪痕吧。

Poem to the Tune of *Ruyiniang*

Confused and absent-minded, I see red as green;

I've pined away since heavy on my mind thou wert.

If thou doubtest that shedding tears lately I've been,

Open that chest, and check my pomegranate skirt.

（唐）王勃

王勃（约650—约676），字子安，绛州龙门（今山西河津）人。唐代诗人，与杨炯、卢照邻、骆宾王齐名，并称"初唐四杰"，王勃为四杰之首。乾封初（666）为沛王李贤征为王府侍读，两年后，因戏为《檄英王鸡》文，被高宗怒逐出府，随即出游巴蜀。咸亨三年（672），补虢州参军，因擅杀官奴当诛，遇赦除名。其父亦受累贬为交趾令。上元三年（676）八月，自交趾探望父亲返回时，不幸渡海溺水，惊悸而死。王勃自幼聪敏好学，王勃在诗歌体裁上擅长五律和五绝，代表作品有《送杜少府之任蜀州》，主要文学成就是骈文，无论是在数量上还是质量上，都是上乘之作，代表作品有《滕王阁序》等。

41. 送杜少府之任蜀州

城阙辅三秦，风烟望五津。
与君离别意，同是宦游人。

海内存知己，天涯若比邻。
无为在歧路，儿女共沾巾。

◎ **注释**

（1）这首诗是诗人二十一岁游蜀之前供职长安时期的作品。杜少府：名不详。少府：唐人对县尉的尊称。之：到、往。蜀州：犹言蜀地，又作"蜀川"。

（2）城阙：唐代的都城长安。阙：宫门前的望楼。辅三秦：以三秦为辅，长安位于三秦的中枢，
故云。辅：护卫；三秦：今陕西省一带，古时为秦国。项羽灭秦后分秦地为雍、塞、翟三国，
分封秦降将章邯等三人为王，故称"三秦"，这里泛指长安附近的关中之地。

（3）风烟：风尘烟岚，指极目远望时所见到的景象。五津：蜀中长江自灌县以下至键为一段
的五个著名渡口，即白华津、万里津、江首津、涉头津、江南津。这里以五津代指蜀地。
津：渡口。全句意为江边因远望而显得迷茫如啼眼，是说在风烟迷茫之中，遥望蜀州。

（4）君：对人的尊称，相当于"您"。同：一作"俱"。宦游：因仕宦而漂泊。

（5）海内：四海之内，即全国各地。古代人认为我国疆土四周环海，所以称天下为四海之内。

（6）天涯：天边，这里比喻极远的地方。比邻：近邻。古时五家相连为比。

（7）无为：无须、不必。歧（qí）路：岔路。古人送行常在大路分岔处告别。沾巾：泪水沾
湿衣服和腰带。意思是挥泪告别。"无为"两句：不要因为分别就像小儿女一样伤感流泪。

See Prefect Du off who Departs for Shuzhou

Three-Qin embracing the walled capital,

The Five Ports misted by the wind and smoke,

On the hard way of seeking posts royal,

We are to bid farewell and feel the choke.

Since we are mutual bosom friends in heart,

E'en with a world apart, I'm close to you.

So now on the crossroads, you're to depart,

And shed no tears with me as children do.

（唐）贺知章

贺知章 (659—744)，字季真，号四明狂客，唐越州永兴 (今浙江萧山) 人。贺知章为人旷达不羁，有"清谈风流"之誉，晚年尤纵。其诗文以绝句见长，除祭神乐章、应制诗外，其写景、抒怀之作风格独特，清新潇洒，著名的《咏柳》《回乡偶书》两首脍炙人口，千古传诵，今尚存录入《全唐诗》共 19 首。

42. 回乡偶书二首

其一

少小离家老大回，乡音无改鬓毛衰。

儿童相见不相识，笑问客从何处来。

其二

离别家乡岁月多，近来人事半消磨。

唯有门前镜湖水，春风不改旧时波。

◎ **注释**

(1) 偶书：随便写的诗。偶：说明诗写作得很偶然，是随时有所见、有所感就写下来的。

(2 少小离家：贺知章三十七岁中进士，在此以前就离开家乡。老大：年纪大了。贺知章回乡时已年逾八十。

(3) 乡音：家乡的口音。无改：没什么变化，一作"难改"，一作"未改"。鬓毛衰：指鬓毛减少，疏落。鬓毛：额角边靠近耳朵的头发，一作"面毛"；衰（cuī）：减少，疏落。

（4）相见：即看见我。相：带有指代性的副词。不相识：即不认识我。

（5）笑问：一本作"却问"，一本作"借问"。

（6）消磨：逐渐消失、消除。"近来"句：回家后才觉到家乡的人事变迁实在是太大了。

（7）镜湖：在浙江绍兴会稽山的北麓，方圆三百余里。贺知章的故乡就在镜湖边上。此两句：只有门前那镜湖的碧水，在春风吹拂下泛起一圈一圈的涟漪，还和五十多年前一模一样。

Two Random Verses on Homecoming

I

I left home young and small, and came back old and tall;

My native accent's unchanged, but sideburns turned gray.

When children saw me, they didn't know me at all;

"Where are you from?" asked they, in a smiling way.

II

I have left my hometown for many a decade.

Quite a lot of things did lately change and fade.

The Mirror Lake still lies in front of my gates;

The spring wind hasn't changed its waves of the old days.

（唐）张九龄

张九龄（678—740），字子寿，一名博物，谥文献，韶州曲江（今广东韶关市）人，世称"张曲江"。唐开元时期的一位有胆识、有远见的政治家、文学家、诗人、名相。他忠耿尽职，秉公守则，直言敢谏，选贤任能，不徇私枉法，不趋炎附势，敢与恶势力作斗争，为"开元之治"做出了积极贡献。他的五言古诗，以素练质朴的语言，寄托深远的人生慨望，对扫除唐初所沿袭的六朝绮靡诗风，贡献尤大。誉为"岭南第一人"。

43. 赋得自君之出矣

自君之出矣，不复理残机。
思君如满月，夜夜减清辉。

◎　**注释**

（1）赋得：凡摘取古人成句为题之诗，题首多冠以"赋得"二字。"自君之出矣"是乐府诗杂曲歌辞名。
（2）自君之出矣：自从夫君离家。之：助词，无实际意义；矣：了。
（3）不复：不再。理残机：理会残破的织布机。
（4）思：思念。满月：农历每月十五夜的月亮。
（5）减：减弱，消减。清辉：指皎洁的月光。

Writing after "On my Monsieur's Departure"

E'er since my Monsieur's departure from home,
I've left alone my broken weaving loom.
Missing you makes me like the full moon's light
Waning its brightness with each passing night.

44. 望月怀远

海上生明月，天涯共此时。
情人怨遥夜，竟夕起相思。
灭烛怜光满，披衣觉露滋。
不堪盈手赠，还寝梦佳期。

◎ **注释**

（1）怀远：怀念远方的亲人。

（2）"海上"两句：辽阔无边的大海上升起一轮明月，使人想起了远在天涯海角的亲友，此时此刻也该是望着同一轮明月。

（3）情人：多情的人，指作者自己；一说指亲人。怨遥夜：因离别而幽怨失眠，以至抱怨夜长。遥夜：长夜。

（4）竟夕：终夜，通宵，即一整夜。

（5）怜光满：爱惜满屋的月光。这里的灭烛怜光满，根据上下文，是个月明的时候，应该在农历十五左右。当一个人静静地在屋子里面享受月光，就有种"怜"的感觉，这只是一种发自内心的感受而已，读诗读人，应该理解当时诗人的心理才能读懂诗词。光满：自然就是月光照射充盈的样子，满：描写了一个状态，应该是月光直射到屋内；怜：爱。滋：湿润。

（6）觉露滋：感到夜露寒凉。

（7）"不堪"两句：月华虽好但是不能相赠，不如回入梦乡觅取佳期。陆机《拟明月何皎皎》："照之有余辉，揽之不盈手。"盈手：双手捧满之意。盈：满（指那种满当当的充盈的状态）。

Gazing at the Moon, Thinking of My Beloved afar

As the bright moon rises above the sea,

You share this moment from afar with me.

As man in love who complains nights too long,

All night I've been thinking of you, too strong.

I blow out the candle for the moon's full,

And pace around with a gown as th' dew's cool.

Since I can't hold its light and send to you,

I wish reunion in dream would come true.

（唐）王之涣

王之涣（688—742），字季凌，绛州（今山西新绛县）人，盛唐时期的著名浪漫主义诗人，其诗多被当时乐工制曲歌唱。名动一时，他常与高适、王昌龄等相唱和，他尤善五言诗，以善于描写边塞风光著称。其代表作有《登鹳雀楼》《凉州词》等。但他的作品现存仅有六首绝句，"白日依山尽，黄河入海流。欲穷千里目，更上一层楼"，更是千古绝唱。

45. 凉州词

黄河远上白云间，

一片孤城万仞山。

羌笛何须怨杨柳，

春风不度玉门关。

◎ **注释**

....

（1）凉州词：又名《出塞》。为当时流行的一首曲子《凉州》配的唱词。郭茂倩《乐府诗集》
 　　卷七十九《近代曲词》载有《凉州歌》，并引《乐苑》云："《凉州》，宫调曲，开元
 　　中西凉府都督郭知运进。"凉州：属唐陇右道，治所在姑臧县（今甘肃省武威市凉州区）。

（2）黄河远上：远望黄河的源头。河：一作"沙"；远：一作"直"；远上：远远向西望去。

（3）孤城：指孤零零的戍边的城堡。仞：古代的长度单位，一仞相当于七尺或八尺（约等于
 　　213厘米或264厘米）。此两句：纵目望去，黄河渐行渐远，好像奔流在缭绕的白云中间，
 　　就在黄河上游的万仞高山之中，一座孤城玉门关耸峙在那里，显得孤峭冷寂。

（4）羌笛：古羌族主要分布在甘、青、川一带。羌笛是羌族乐器，属横吹式管乐。何须：何必。杨柳：《折杨柳》曲。古诗文中常以杨柳喻送别情事。《诗经·小雅·采薇》："昔我往矣，杨柳依依。"北朝乐府《鼓角横吹曲》有《折杨柳枝》，歌词曰："上马不捉鞭，反拗杨柳枝。下马吹横笛，愁杀行客儿。""羌笛"句：何必用羌笛吹起那哀怨的杨柳曲去埋怨春光迟迟不来呢。

（5）度：吹到过。玉门关：汉武帝置，因西域输入玉石取道于此而得名。故址在今甘肃敦煌西北小方盘城，是古代通往西域的要道。六朝时关址东移至今安西双塔堡附近。

Lyrics of Liangzhou

The Yellow River flows far up from the clouds white;

A lone fort stands on the mountain of soaring height.

Why should Qiang's flutes play the Willow Tune in dismay?

Across Yumen Pass the spring wind's ne'er found its way.

（唐）孟浩然

孟浩然（689—740），名浩，字浩然，号孟山人，襄阳人，世称孟襄阳。唐代著名的田园隐逸派和山水行旅派诗人，其诗在艺术上有独特的造诣，语言特点隐居闲适、羁旅愁思。诗风清淡自然，以五言古诗见长。后人把孟浩然与王维并称为"王孟"，有《孟浩然集》三卷传世，今编诗二卷。

46. 与诸子登岘首

人事有代谢，往来成古今。

江山留胜迹，我辈复登临。

水落鱼梁浅，天寒梦泽深。

羊公碑尚在，读罢泪沾襟。

◎ **注释**

（1）岘（xiàn）山：一名岘首山，在今湖北襄阳以南。诸子：指诗人的几个朋友。

（2）代谢：交替变化。

（3）往来：旧的去，新的来。

（4）复登临：对羊祜曾登岘山而言。羊祜镇守襄阳时，常与友人到岘山饮酒诗赋，有过江山依旧人事短暂的感伤。登临：登山观看。此两句：江山各处保留的名胜古迹，而今我们又可以登攀亲临。

（5）水落：水位降低。鱼梁：沙洲名，在襄阳鹿门山的沔水中。

（6）梦泽：云梦泽，古大泽，即今江汉平原。

（7）尚：一作"字"。

（8）羊公碑：后人为纪念西晋名将羊祜而建。

Climbing Mount Xianshou with Friends

All of our human affairs rise and fall in turn,

And coming and going make past and modern.

The world has left us many a marvelous site;

Today we climb again up to this mountain's height.

The dry season has drained water from the fish pool;

While the cold weather makes Yunmeng Marsh deep and cool.

In erection Monument to Lord Yang appears;

Reading its inscriptions, I wet my coat with tears.

47. 过故人庄

故人具鸡黍，邀我至田家。

绿树村边合，青山郭外斜。

开轩面场圃，把酒话桑麻。

待到重阳日，还来就菊花。

◎ **注释**

（1）过故人庄：选自《孟襄阳集》。过：造访；故人庄：老朋友的田庄。

（2）具：准备，置办。鸡黍：指烧鸡和黄米饭。黍（shǔ）：黄米饭。

（3）邀：邀请。至：到。田家：农舍。

（4）合：环绕。

（5）郭：古代城外修筑的一种外墙。斜：倾斜。因古需与上一句押韵，所以，应读 xiá。此两
　　句：翠绿的树木环绕着小村子，村子城墙外面青山连绵不断。

（6）开：打开，开启。轩：指有带窗户的长廊或小屋。面：面对。场圃：场：打谷场；圃：菜园。

（7）把酒：拿起酒杯。把：拿起。话：闲聊，谈论。桑麻：这里泛指庄稼。

（8）重阳日：阴历九月九重阳节。

（9）还（huán）：回到原处或恢复原状；返。就菊花：指欣赏菊花与饮酒。就：靠近、赴、来，这里指欣赏的意思；菊花：既指菊花又指菊花酒，指孟浩然的隐逸之情。

Visiting an Old Friend's Farm

My old friend has prepared chicken and rice
And invited me to see his farmland.
His village is surrounded by green trees,
Beyond the city walls mountains look slant.
A porch is opened to the field and ground,
And wine in cup, we talked of rural lore,
When the Double Ninth Festival comes round,
I will come for chrysanthemums once more.

48. 岁暮归南山

北阙休上书，南山归敝庐。

不才明主弃，多病故人疏。

白发催年老，青阳逼岁除。

永怀愁不寐，松月夜窗虚。

◎ 注释

（1）岁暮：年终。南山：唐人诗歌中常以南山代指隐居题。这里指作者家乡的岘山。一说指终南山。

（2）北阙：皇宫北面的门楼，汉代尚书奏事和群臣谒见都在北阙，后因用作朝廷的别称。《汉书·高帝纪》注："尚书奏事，谒见之徒，皆诣北阙。"休上书：停止进奏章。

（3）敝庐：称自己破落的家园。此两句：不要再给北面朝廷上书，让我回到南山破旧茅屋。

（4）不才：不成材，没有才能，作者自谦之词。明主：圣明的国君。

（5）多病：一作"卧病"。故人：老朋友。疏：疏远。

（6）老：一作"去"。

（7）青阳：指春天。逼：催迫。岁除：年终。此两句：白发频生催人日渐衰老，阳春来到逼得旧岁逝去。

（8）永怀：悠悠的思怀。愁不寐：因忧愁而睡不着觉。寐：一作"寝"。

（9）虚：空寂。

Return to the South Mount at the End of the Year

To the North Palace Gate I give no more advice,

And return to my shabby hut in the South Mount.

Talentless, I'm given up by my ruler wise;

And alienated by my friends, on health account.

My gray hair urges me on to my declining years,

As the spring sun forces the old year to flee soon.

I can't fall asleep, since my heart is full of fears;

All's hollow outside the window, save the pine moon.

（唐）王昌龄

王昌龄 (698— 756)，字少伯，晋阳 (今山西太原) 人，又一说长安 (今西安) 人。盛唐著名边塞诗人人，后人誉为"七绝圣手"。早年贫贱，困于农耕，年近而立，始中进士。初任秘书省校书郎，又中博学宏辞，授汜水尉，因事贬岭南。与李白、高适、王维、王之涣、岑参等交厚。开元末返长安，改授江宁丞。被谤谪龙标尉。安史乱起，为刺史闾丘晓所杀。其诗以七绝见长，尤以登第之前赴西北边塞所作边塞诗最著，有"诗家夫子王江宁"之誉。

49. 闺怨

闺中少妇不知愁，
春日凝妆上翠楼。
忽见陌头杨柳色，
悔教夫婿觅封侯。

◎　注释

(1) 闺怨：少妇的幽怨。闺：女子卧室，借指女子。一般指少女或少妇。古人"闺怨"之作，
　　 一般是写少女的青春寂寞，或少妇的离别相思之情。以此题材写的诗称"闺怨诗"。
(2) 不知愁：从来不知忧愁；一作"不曾愁"，则诗意大减。
(3) 凝妆：盛妆。
(4) 忽见：忽然看到。陌头：路边。
(5) 悔教：后悔让。觅封侯：为求得封侯而从军。觅：寻求。

Boudoir Regret

A young wife knows no sorrows in her bower,

One spring day, nicely dressed up a jade tower.

With sudden glance at green willows on lanes,

She rues to have let her husband seek fames.

50. 芙蓉楼送辛渐二首

其一

寒雨连江夜入吴，

平明送客楚山孤。

洛阳亲友如相问，

一片冰心在玉壶。

其二

丹阳城南秋海阴，

丹阳城北楚云深。

高楼送客不能醉，

寂寂寒江明月心。

◎　**注释**

（1）芙蓉楼：原名西北楼，登临可以俯瞰长江，遥望江北，在润州（今江苏省镇江市）西北。据《元和郡县志》卷二十六《江南道·润州》丹阳："晋王恭为刺史，改创西南楼名万岁楼，西北楼名芙蓉楼。"辛渐：诗人的一位朋友。

（2）寒雨：秋冬时节的冷雨。连江：雨水与江面连成一片，形容雨很大。吴：古代国名，这里泛指江苏南部、浙江北部一带。江苏镇江一带为三国时吴国所属。

（3）平明：天亮的时候。客：指作者的好友辛渐。楚山：楚地的山。这里的楚也指镇江市一带，因为古代吴、楚先后统治过这里，所以吴、楚可以通称。孤：独自，孤单一人。

（4）洛阳：现位于河南省西部、黄河南岸。

（5）冰心：比喻纯洁的心。玉壶：道教概念妙真道教义，专指自然无为虚无之心。

（6）丹阳：在今江苏省西南部，东北滨长江，大运河斜贯，属镇江市。

（7）高楼：指芙蓉楼。此两句：高楼送客，与友人依依惜别，心情悲愁，喝酒也不能尽兴。

四周一片寂静，对着寒冷江天，只有高悬的明月照我心。

See Xin Jian off at Lotus Tower

I

In cold rain over the River, I came to Wu at night;

I'd see you off at daybreak, leaving Chu Hills in lone shade.

If my friends in Luoyang want to know if I am all right,

Just tell them my heart's made like the ice in the vase of jade.

II

The south of Danyang Town is rainy like a sea of haze;

To the north of it swirl the cloud of Chu, so deep and soon.

I see you off at this tower, but I can't drink to maze;

On this silent cold river, into my heart shines the moon.

51. 出塞二首

其一

秦时明月汉时关，

万里长征人未还。

但使龙城飞将在，

不教胡马度阴山。

其二

骠马新跨白玉鞍，

战罢沙场月色寒。

城头铁鼓声犹振，

匣里金刀血未干。

◎   **注释**

（1）但使：只要。

（2）龙城飞将：《汉书·卫青霍去病传》载，元光六年（前 129 年），卫青为车骑将军，出上谷，至笼城，斩首虏数百。笼城，颜师古注曰："笼"与"龙"同。龙城飞将指的是卫青奇袭龙城的事情。其中，有人认为龙城飞将中飞将指的是汉飞将军李广，龙城是唐代的卢龙城（卢龙城就是汉代的李广练兵之地，在今河北省喜峰口附近一带，为汉代右北平郡所在地），纵观李广一生主要的时间都在抗击匈奴，防止匈奴掠边，其中每次匈奴重点进攻的汉地天子几乎都是派遣李广为太守，所以这种说法也不无道理。

（3）不教：不叫，不让。教：让。

（4）胡马：指侵扰内地的外族骑兵。

（5）度：越过。阴山：昆仑山的北支，起自河套西北，横贯绥远、察哈尔及热河北部，是中国北方的屏障。

（6）骠马：黑鬣黑尾巴的红马，骏马的一种。新：刚刚。

（7）沙场：指战场。此两句：将军刚刚跨上配了白玉鞍的宝马出战，战斗结束后战场上剩下凄凉的月色。

（8）振：响。最后两句：城头上的战鼓还在旷野里震荡回响，将军刀匣里的宝刀上的血迹仍然没干。

Marching out to the Frontier

I

The moon of Qin shines yet o'er the passes of Han;

From long march of thousands of miles returns no man.

If the winged general of Longcheng were alive,

None of Tartars' horses crossing Yinshan could survive.

II

He just rode a stallion with a jade saddle white;

War over, the field had nothing but cold moonlight.

The iron drum atop the wall's wailing its shrill,

And the gold sword in the casket had blood wet still.

（唐）王维

王维（699/701—761），字摩诘，号摩诘居士，世称"王右丞"。原籍祁（今山西祁县），迁至蒲州（今山西永济）。盛唐时期的著名诗人、画家，官至尚书右丞。其诗、画成就都很高，苏东坡赞他"味摩诘之诗，诗中有画；观摩诘之画，画中有诗。"王维参禅悟理，学庄信道，精通诗、书、画、音乐等，与孟浩然合称"王孟"。著有《王右丞集》，存诗400首。

52. 山居秋暝

空山新雨后，天气晚来秋。

明月松间照，清泉石上流。

竹喧归浣女，莲动下渔舟。

随意春芳歇，王孙自可留。

◎　**注释**

（1）《山居秋暝》是山水田园诗的代表作之一，它唱出了隐居者的恋歌。全诗描绘了秋雨初晴后傍晚时分山村的旖旎风光和山居村民的淳朴风尚，表现了诗人寄情山水田园，对隐居生活怡然自得的满足心情。这是一首写山水的名诗，于诗情画意中寄托诗人的高洁情怀和对理想的追求。

（2）暝（míng）：日落，天色将晚。

（3）空山：空旷，空寂的山野。新：刚刚。

（4）清泉石上流：写的正是雨后的景色。

（5）竹喧：竹林中笑语喧哗。喧：喧哗，这里指洗衣服姑娘的欢笑声。浣（huàn）女：洗衣服的姑娘。浣：洗涤衣物。

（6）莲动：意谓溪中莲花动荡。下：归也，如"日之夕矣，牛羊下来"，作"回来"义。

（7）随意：任凭。春芳：春天的花草。歇：消散，消失。

（8）王孙：原指贵族子弟，后来泛指隐居的人。留：居。此句反用淮南小山《招隐士》："王孙兮归来，山中兮不可久留"的意思，王孙实亦自指。反映出无可无不可的襟怀。

Autumn Dusk in a Mountain Villa

After the rain has bathed the peaceful hill,

The evening air strokes me with autumn chill.

Upon pine trees the bright moon casts its lights;

O'er stones the clear spring water quietly glides.

Bamboos rustle as washer-girls do come;

Lotus stirs when fishermen paddle home.

Albeit the fragrance of spring goes to none,

I'd still enjoy lingering here alone.

53. 九月九日忆山东兄弟

独在异乡为异客，

每逢佳节倍思亲。

遥知兄弟登高处，

遍插茱萸少一人。

◎ **注释**

（1）九月九日：指农历九月初九重阳节。民间很看重这个节日，在这一天有登高、插茱萸、饮菊花酒等习俗，传说能以此避灾。忆：想念。山东：王维迁居于蒲县（今山西永济县），在函谷关与华山以东，所以称山东。

（2）异乡：他乡。为异客：作他乡的客人。

（3）佳节：美好的节日。倍：加倍，更加。

（4）遥知：远远的想到。登高：指民间在重阳节登高避邪的习俗。

（5）茱萸：又名越椒，一种香气浓烈的植物，重阳节时有佩戴茱萸的习俗。少一人：唯独
少我（指作者）一个人。

On Double-Ninth Day Thinking of my Brothers at Home

I stay in a strange place as a lonely strange guest,
On each festival, I yearn for my dears twice hard.
I guess afar they must be climbing up a crest,
Wearing cornel all o'er without me in their part.

54. 终南别业

中岁颇好道，晚家南山陲。
兴来每独往，胜事空自知。

行到水穷处，坐看云起时。
偶然值林叟，谈笑无还期。

◎ **注释**

（1）中岁：中年。道：这里指佛理。

（2）晚：晚年。家：安家。南山陲：指辋川别墅所在地。南山：即终南山；陲（chuí）：边缘，
旁边，边境。

（3）胜事：美好的事。空自知：自我欣赏，自我陶醉。

（4）值：遇见。叟（sǒu）：老翁。

（5）无还期：没有回还的准确时间。

Villa in Mount Zhongnan

At middle age, I were attached to Zen;

Till old age, I'm settled near the South Hill

When in good mood, stroll there alone I would;

Such marvels I enjoy alone to my fill.

Sometimes I'd stroll to the end of a rill,

Or take a seat to watch how clouds come.

Perchance I'd bump into an old woodsman;

We chat and laugh, forgetting going home.

55. 酬张少府

晚年唯好静，万事不关心。

自顾无长策，空知返旧林。

松风吹解带，山月照弹琴。

君问穷通理，渔歌入浦深。

◎ **注释**

（1）酬：回赠。

（2）唯：亦写作"惟"，只。好（hào）：爱好。此两句意思为：人到晚年特别喜好安静，
对人间万事都漠不关心。

（3）自顾：看自己。长策：好计策。

（4）空知：徒然知道。旧林：旧日曾经隐居的园林。

（5）吹解带：吹着诗人宽解衣带时的闲散心情。

（6）穷：不能当官。通：能当官。理：道理。

（7）渔歌：隐士的歌。浦深：河岸的深处。

In Response to Prefect Zhang

In my old years, peace is only my cheers;

All world affairs never trouble my cares.

Self-reflecting, I can't think of better ideas

Than living in the woods of my youth years.

I let my sash loosened by cool pine breeze,

And play my lute in the mountain moon.

If you ask why I'm poor but live in glees,

Hark! over the lake fishers sings in ease.

（唐）李白

　　李白（701—762），字太白，号青莲居士，是唐朝伟大的浪漫主义诗人，被后人誉为"诗仙"。祖籍陇西郡成纪县（今甘肃省平凉市静宁县南），出生于蜀郡绵州昌隆县（今四川省江油市青莲乡），一说生于西域碎叶（今吉尔吉斯斯坦托克马克），逝世于安徽当涂县。有《李太白集》传世，存世诗文千余篇，代表作有《蜀道难》《行路难》《梦游天姥吟留别》《将进酒》，与杜甫并称为"李杜"。

56. 关山月

明月出天山，苍茫云海间。
长风几万里，吹度玉门关。
汉下白登道，胡窥青海湾。
由来征战地，不见有人还。
戍客望边色，思归多苦颜。
高楼当此夜，叹息未应闲。

◎　**注释**

（1）关山月：乐府旧题，属横吹曲辞，多抒离别哀伤之情。

（2）天山：即祁连山。在今甘肃、新疆之间，连绵数千里。因汉时匈奴称"天"为"祁连"，所以祁连山也叫作天山。

（3）玉门关：故址在今甘肃敦煌西北，古代通向西域的交通要道。此两句谓秋风自西方吹来，吹过玉门关。

（4）下：指出兵。白登：今山西大同东有白登山。

（5）胡：此指吐蕃。窥：有所企图，窥伺，侵扰。青海湾：即今青海省青海湖，湖因青色而得名。

（6）由来：自始以来，历来。

（7）戍客：征人，驻守边疆的战士。边色：一作"边邑"。此两句意思：戍边兵士仰望边城，思归家乡愁眉苦颜。

（8）高楼：古诗中多以高楼指闺阁，这里指戍边兵士的妻子。曹植《七哀诗》曰："明月照高楼，流光正徘徊。思妇高楼上，悲叹有余哀。"此两句当本此。

Moon at the Fortified Pass

From the Heaven Mount rises the bright moon,

Amid a sea of cloud boundless and grey.

Across a thousand miles the powerful typhoon

Blows fiercely to Jade-Gate Pass all the way.

Our king was once besieged on Baideng Height;

The Tartars still threatens our Qinghai Bay.

Here's always a land of conquest and fight;

Few warriors have come back since the old day.

Our soldiers watch the dark and cold frontier,

Thinking of going home with woeful eyes.

Tonight upstairs their wives would stand with tear,

Looking into distance with busy sighs.

57. 宣州谢朓楼饯别校书叔云

弃我去者，昨日之日不可留；

乱我心者，今日之日多烦忧。

长风万里送秋雁，

对此可以酣高楼。

蓬莱文章建安骨，

中间小谢又清发。

俱怀逸兴壮思飞，

欲上青天览日月。

抽刀断水水更流，

举杯销愁愁更愁。

人生在世不称意，

明朝散发弄扁舟。

◎ **注释**

（1）此诗《文苑英华》题作《陪侍御叔华登楼歌》，所别者为李云（官秘书省校书郎）。李白另有五言诗《饯校书叔云》，作于某春季，且无登楼事，与此诗无涉。宣州：今安徽宣城一带。谢朓（tiǎo）楼：又名北楼、谢公楼，在陵阳山上，谢朓任宣城太守时所建，并改名为叠嶂楼。饯别：以酒食送行。校（jiào）书：官名，即秘书省校书郎，掌管朝廷的图书整理工作。叔云：李白的叔叔李云。

（2）长风：远风，大风。

（3）此：指上句的长风秋雁的景色。酣（hān）高楼：畅饮于高楼。

（4）蓬莱：此指东汉时藏书之东观。《后汉书》卷二三《窦融列传》附窦章传："是时学者称东观为老氏藏室，道家蓬莱山。"李贤注："言东观经籍多也。蓬莱，海中神山，为仙府，幽经秘籍并皆在也。"蓬莱文章：借指李云的文章。建安骨：汉末建安年间（汉献帝年号，196—220），"三曹"和"七子"等作家所作之诗风骨遒上，后人称之为"建安风骨"。

（5）小谢：指谢朓，字玄晖，南朝齐诗人。后人将他和谢灵运并称为大谢、小谢。这里用以自喻。清发（fā）：指清新秀发的诗风。发：秀发，诗文俊逸。

（6）俱怀：两人都怀有。逸兴（xìng）：飘逸豪放的兴致，多指山水游兴，超远的意兴。王勃《滕王阁序》："遥襟甫畅，逸兴遄飞。"李白《送贺宾客归越》："镜湖流水漾清波，狂客归舟逸兴多。"壮思飞：卢思道《卢记室诔》："丽词泉涌，壮思云飞。"壮思：雄心壮志，豪壮的意思。

（7）览明月：《唐诗鉴赏辞典》（上海辞书出版社 1983 年版）作"揽明月"；另一版本为揽。
览：通"揽"，摘取。

（8）销：另一版本为"消"。

（9）称（chèn）意：称心如意。

（10）明朝（zhāo）：明天早晨。散发（fà）：不束冠，意谓不做官。这里是形容狂放不羁。
古人束发戴冠，散发表示闲适自在。弄扁（piān）舟：乘小舟归隐江湖。扁舟：小舟，小船。
春秋末年，范蠡辞别越王勾践，"乘扁舟浮于江湖"（《史记·货殖列传》）。

Farewell Dinner for Decreed Editor Uncle Yun at Xie Tiao's Tower in the Town of Xuan

All those yesterdays that have gone away

Could not be put in stay.

All these todays that put me in confusion

Are full of disillusion.

Strong wind sees off autumn geese for thousands of miles;

For this let's drink atop this tower to our pleasure.

Your writings reproduce the classic Jianan styles,

Fresh and graceful like my poems and Xie Tiao's treasure.

We are both full of buoyant mood and stately lore,

Wishing to ascend the sky and pick the bright moon.

As we slash water with a blade but it runs more,

We drink to kill our sorrow but it deepens soon.

We live in this world, far from meeting our ambition;

Let's row a boat morrow and forget our position.

58. 送友人

青山横北郭，白水绕东城。

此地一为别，孤蓬万里征。

浮云游子意，落日故人情。

挥手自兹去，萧萧班马鸣。

◎ 注释

（1）郭：古代在城外修筑的一种外墙。

（2）白水：清澈的水。

（3）一：助词，加强语气。别：告别。

（4）蓬：古书上说的一种植物，干枯后根株断开，遇风飞旋，也称"飞蓬"。诗人用"孤蓬"喻指远行的朋友。征：远行。此两句意思是在此我们一道握手言别，你像蓬草漂泊万里远征。

（5）浮云游子意：曹丕《杂诗》："西北有浮云，亭亭如车盖。惜哉时不遇，适与飘风会。吹我东南行，行行至吴会。"后世用为典实，以浮云飘飞无定喻游子四方漂游。浮云：飘动的云；游子：离家远游的人。

（6）兹：声音词，此。

（7）萧萧：马的呻吟嘶叫声。班马：离群的马，这里指载人远离的马。班：分别，离别，一作"斑"。这两句意思是频频挥手作别从此离去，马儿也为惜别声声嘶鸣。

Farewell to my Friend

Green mountains lie across the northern sky;

White waters run around the eastern town.

'Tis here I stop to bid to you good-bye;

For thousands of miles, your lone boat'll sail down.

As floating clouds a traveler's images be,

The setting sun is just like an old friend.

Waving your hand, you go away from me,

And grievous parting neighs my steed does send.

59. 长相思（其一）

长相思，在长安。

络纬秋啼金井阑，

微霜凄凄簟色寒。

孤灯不明思欲绝，

卷帷望月空长叹。

美人如花隔云端。

上有青冥之高天，

下有渌水之波澜。

天长路远魂飞苦，

梦魂不到关山难。

长相思，摧心肝。

◎　**注释**

（1）长相思：属乐府《杂曲歌辞》，常以"长相思"三字开头和结尾。

（2）长安：今陕西省西安市。

（3）络纬：昆虫名，又名莎鸡，俗称纺织娘。金井阑：精美的井栏。

（4）簟色寒：指竹席的凉意。簟：供坐卧用的竹席。

（5）帷：窗帘。

（6）青冥：青云。

（7）渌：清澈。

（8）关山难：关山难渡。

（9）摧：伤。

Long Yearning (I)

To the one in Chang'an, my long yearning has gone.

The autumn crickets wail by the golden well rail.

The frost, though light, still makes my mat freezing to bone.

In th' lone dim lamp, my yearning stings me like a nail.

Rolling the screen and watching the moon, I sigh in vain.

My beauty sits like a flower atop the cloud.

Above is the blue and broad sky hard to attain;

Below, the green river roaring its billows loud.

Long roads and wide sky hold back even my soul's flight,

And bumpy mountains frustrate also my dream's might.

My heart is broken since such long yearning does bite.

60. 将进酒

君不见黄河之水天上来，

奔流到海不复回。

君不见高堂明镜悲白发，

朝如青丝暮成雪。

人生得意须尽欢，

莫使金樽空对月。

天生我材必有用，

千金散尽还复来。

烹羊宰牛且为乐，

会须一饮三百杯。

岑夫子，丹丘生，

将进酒，杯莫停。

与君歌一曲，

请君为我倾耳听。

钟鼓馔玉不足贵，

但愿长醉不复醒。

古来圣贤皆寂寞，

惟有饮者留其名。

陈王昔时宴平乐，

斗酒十千恣欢谑。

主人何为言少钱，

径须沽取对君酌。

五花马，千金裘，

呼儿将出换美酒，

与尔同销万古愁。

◎　注释

(1) 将进酒：属乐府旧题。将（qiāng）：请。

(2) 君不见：乐府中常用的一种夸语。你没有看见吗？是乐府体诗中提唱的常用语。君：你，此为泛指。天上来：黄河发源于青海，因那里地势极高，故称。

(3) 高堂：高大的厅堂。青丝：黑发。此句意为在高堂上的明镜中看到了自己的白发而悲伤。

(4) 得意：适意高兴的时候。

(5) 会须：正应当。尽欢：纵情欢乐。千金：大量钱财。还复来：还会再来。且为乐：姑且作乐。

(6) 岑夫子：岑勋。丹丘生：元丹丘。二人均为李白的好友。

(7) 杯莫停：一作"君莫停"。

(8) 与君：给你们，为你们。君：指岑、元二人。

(9) 倾耳听：一作"侧耳听"。倾耳：表示注意去听。

(10) 钟鼓：富贵人家宴会中奏乐使用的乐器。馔（zhuàn）玉：形容食物如玉一样精美。

(11) 不复醒：也有版本为"不用醒"或"不愿醒"。

(12) 陈王：指陈思王曹植。平乐：观名。在洛阳西门外，为汉代富豪显贵的娱乐场所。

（13）恣：纵情任意。谑（xuè）：戏，玩笑。

（14）言少钱：一作"言钱少"。

（15）径须：干脆，只管。沽：买，通"酤"，买或卖，这里指买。

（16）五花马：指名贵的马。一说毛色作五花纹，一说颈上长毛修剪成五瓣。千金裘：价值千
　　　金的皮衣。将出：拿去。

（17）尔：你，你们，指岑夫子和丹丘夫。销：同"消"。万古愁：无穷无尽的愁闷。

（18）圣贤：一般指圣人贤士，又另指古时的酒名。

Give Me Wine

Li Bai

Do you not see the Yellow River surge down from the sky,

And rush to the sea and never turn back.

Do you not see men grieve at the mirror in the chamber high

That at dusk their hair grows white while at dawn it's still black.

Do enjoy life to our fill, when our dream's fulfilled;

Don't raise your gold cup to the moon with no wine.

Heaven endows me gifts real, whose use must be revealed;

Thousands of gold spent, thousands more will come in line.

Cook a sheep and kill a cow; let's be merry now;

Gulp down three hundred cups in glee, I vow.

Cen, my teacher; Danqiu, friend of mine;

Don't put down cups; I invite you to wine.

I'll sing you a song;

Please listen, let your ears come along.

What worth do bells, drums and dainty food make?

I'd like to be dead drunk, and ne'er to wake.

From old time, desert'd have been saints and sages;

Only drinkers' names become known for ages.

Prince Cao Zhi of Chen held a cheerful feast,

And drank ten thousand cups, wild like a beast.

How my host tells you've little money in store?

Go and buy wine; I shall drink with you more.

Dappled equine,

And fur coat of a thousand coins of gold.

Call our son to pawn them for fine wine,

With you I'll drink off woes of ten thousand years old.

61. 菩萨蛮·平林漠漠

平林漠漠烟如织，

寒山一带伤心碧。

暝色入高楼，

有人楼上愁。

玉阶空伫立，

宿鸟归飞急。

何处是归程？

长亭更短亭。

◎　注释

（1）菩萨蛮：唐教坊曲名，后用为词牌。亦作“菩萨鬘”，又名“子夜歌”“花间意”“重
叠金”等。唐宣宗大中年间（847—859），女蛮国派遣使者进贡，她们身上披挂着珠宝，
头上戴着金冠，梳着高高的发髻，号称菩萨蛮队，当时教坊就因此制成《菩萨蛮曲》，

于是《菩萨蛮》就成了词牌名。

（2）平林：平展的树林。

（3）漠漠：迷蒙貌，广阔貌。

（4）寒山一带伤心碧：远方的群山泛着一种令人触景伤情的凄绿色泽。

（5）暝色：暮色。

（6）伫：久立。

（7）长亭：古路旁亭舍，常用作饯别处。《白孔六帖》卷九有"十里一长亭，五里一短亭"。

　　《一切经音义经》有"汉家因秦十里一亭。亭，留也"。

Wide Stretch of Trees: To the Tune of *Pusaman*

Mist and smoke shroud a wide stretch of trees in the plain;

The cold blue mountains seem to suffer heartfelt pain.

A tower is dipped in twilight,

Where someone is weeping his plight.

On the jade steps he stands in haze;

The nest-going birds fly in haste.

Where is the way to return home?

Endless pavilions wait to roam.

62. 忆秦娥

箫声咽，秦娥梦断秦楼月。

秦楼月，年年柳色，灞陵伤别。

乐游原上清秋节，

咸阳古道音尘绝。

音尘绝，西风残照，汉家陵阙。

◎ 注释

(1) 忆秦娥：词牌名。双调，仄韵格，四十六字。该词牌名的最早出自李白《忆秦娥·箫声咽》词。

(2) 箫：一种竹制的管乐器。咽：呜咽，形容箫管吹出的曲调低沉而悲凉，呜呜咽咽如泣如诉。

(3) 梦断：梦被打断，即梦醒。

(4) 灞陵：在今陕西省西安市东，是汉文帝的陵墓所在地。当地有一座桥，为通往华北、东北和东南各地必经之处。《三辅黄图》卷六："文帝灞陵，在长安城东七十里……跨水作桥。汉人送客至此桥，折柳送别。"伤别：为别离而伤心。

(5) 乐游原：又叫"乐游园"，在长安东南郊，是汉宣帝乐游苑的故址，其地势较高，可俯视长安城，在唐代是游览之地。清秋节：指农历九月九日的重阳节，是当时人们重阳登高的节日。

(6) 咸阳古道：咸阳，秦都，在长安西北数百里，是汉唐时期出京城往西北从军、经商的要道。古咸阳在今陕西省咸阳市东二十里。唐人常以咸阳代指长安，"咸阳古道"就是长安道。音尘：一般指消息，这里是指车行走时发出的声音和扬起的尘土。

(7) 残照：指落日的光辉。

(8) 汉家：汉朝。陵阙：皇帝的坟墓和宫殿。

In Memory of Princess Qin

The flute sounds like a weeping face;

Princess Qin's broken her dreams to the moon o'er Qin's towers.

To the moon o'er Qin's towers

Stand the willows in all hours

Making Baling a sad parting place.

In the Amusement Park the Autumn Festival is in chill and glooms;

Along the ancient roads in Xianyang, no letters come in dust.

No letters come in dust,

While the remnant sun at dusk

Shines o'er Han's palaces and tombs.

（唐）崔颢

崔颢（704？—754），汴州（今河南开封）人，开元年间进士，官至太仆寺丞。他秉性耿直，才思敏捷，其作品激昂豪放，气势宏伟，早年为诗，情志浮艳，后来游览山川，经历边塞，精神视野大开，风格一变而为雄浑自然。最为人称道的是他那首《黄鹤楼》，据说李白为之搁笔，曾有"眼前有景道不得，崔颢题诗在上头"的赞叹。《全唐诗》收录诗42首。

63. 黄鹤楼

昔人已乘黄鹤去，

此地空余黄鹤楼。

黄鹤一去不复返，

白云千载空悠悠。

晴川历历汉阳树，

芳草萋萋鹦鹉洲。

日暮乡关何处是，

烟波江上使人愁。

◎　**注释**

（1）黄鹤楼：故址在湖北武昌县，民国初年被火焚毁，传说古代有一位名叫费文的仙人，在此乘鹤登仙。也有人作昔人已乘白云去。

（2）昔人：指传说中的仙人。

（3）此地：这里。余：剩下。

（4）复：再。

（5）悠悠：久远的意思。

（6）历历：清楚分明。

（7）萋萋：草茂盛的样子。鹦鹉洲：在湖北省武昌县西南，根据《后汉书》记载，汉黄祖担任江夏太守时，在此大宴宾客，有人献上鹦鹉，故称鹦鹉洲。

（8）乡关：家乡。

Yellow Crane Tower

An ancient sage has flown a yellow crane

Away, and left but an empty tower here.

Once gone, the crane will ne'er come back again,

While white clouds remain carefree from year to year.

Rows, rows of trees along sunlit River Han,

Lush, lush fragrant grass on the Parrot Isles.

At sunset, where can I find my native land?

The misty river brings me grief in piles.

（唐）杜甫

杜甫（712—770），字子美，被后人称为"诗圣"，与李白合称"李杜"。河南巩县（今巩义市）人。盛唐大诗人，代表作有"三吏"（《新安吏》《石壕吏》《潼关吏》）"三别"（《新婚别》《垂老别》《无家别》）等。他忧国忧民，人格高尚，心系苍生，胸怀国事，一生有1 500多首诗歌被保留下来，诗艺精湛。

64. 月夜忆舍弟

戍鼓断人行，边秋一雁声。

露从今夜白，月是故乡明。

有弟皆分散，无家问死生。

寄书长不达，况乃未休兵。

◎ **注释**

(1) 舍弟：家弟，谦称自己的弟弟。杜甫有四弟：杜颖、杜观、杜丰、杜占。

(2) 戍鼓：戍楼上用以报时或告警的鼓声。戍，驻防。断人行：指鼓声响起后，就开始宵禁。

(3) 边秋：一作"秋边"，秋天边远的地方，此指秦州。一雁：孤雁。古人以雁行比喻兄弟；一雁，比喻兄弟分散。

(4) 露从今夜白：指在气节"白露"的一个夜晚。

(5) 有弟皆分散，无家问死生：弟兄分散，家园无存，互相间都无从得知死生的消息。无家：杜甫在洛阳附近的老宅已毁于安史之乱。

(6) 长：一直，老是。不达：收不到。

(7) 况乃：何况是。未休兵：战争还没有结束，此时叛将史思明正与唐将李光弼激战。

Thinking of my Brothers on a Moonlit Night

From autumn borders a swan whines alone.

The War drums are beaten for a curfew night;

Since tonight dew turns white and cold to bone;

The moon viewed at home is always more bright.

All my brothers have scattered here and there.

For life or death, we've no home to inquire.

I've sent them letters which have reached nowhere,

Since the war is going on and can't expire.

65. 登高

风急天高猿啸哀，

渚清沙白鸟飞回。

无边落木萧萧下，

不尽长江滚滚来。

万里悲秋常作客，

百年多病独登台。

艰难苦恨繁霜鬓，

潦倒新停浊酒杯。

◎　**注释**

（1）登高：农历九月九日为重阳节，历来有登高的习俗。

（2）猿啸哀：指长江三峡中猿猴凄厉的叫声。《水经注·江水》引民谣云："巴东三峡巫峡长，猿鸣三声泪沾裳。"

（3）渚（zhǔ）：水中的小洲，水中的小块陆地。鸟飞回：鸟在急风中飞舞盘旋。回：回旋。

（4）落木：指秋天飘落的树叶。萧萧：风吹落叶的声音。滚滚：奔腾的样子。

（5）万里：指远离故乡。常作客：长期漂泊他乡。

（6）百年：犹言一生，这里借指晚年。

（7）艰难：兼指国运和自身命运。苦恨：极恨，极其遗憾。苦：极。繁霜鬓：增多了白发，如鬓边着霜雪。繁：这里作动词，增多。

（8）潦倒：衰颓，失意。这里指衰老多病，志不得伸。新停：新近停止。重阳登高，例应喝酒。杜甫晚年因肺病戒酒，所以说"新停"。这两句的意思是：历尽了艰难苦恨白发长满了双鬓，衰颓满心偏又暂停了浇愁的酒杯。

Climbing a Height

Apes wail in the swift wind and under the wide sky.
Birds hover on the clear waters and the white shore.

In the boundless forest, tree leaves rustle and fly.
In endless Changjiang, waves push and roll all the more.

In this sad fall, I roam, thousands miles from my home;
Old and very sick, I still climb alone the height.

Hard years have dyed my head into a frosty dome;
I give up wine as poverty and ill-health bite.

66. 客至

舍南舍北皆春水，

但见群鸥日日来。

花径不曾缘客扫，

蓬门今始为君开。

盘飧市远无兼味，

樽酒家贫只旧醅。

肯与邻翁相对饮，

隔篱呼取尽余杯。

◎ **注释**

（1）客至：客指崔明府。杜甫在题后自注："喜崔明府相过。"明府，唐人对县令的称呼；相过，即探望、相访。

（2）舍：指家。

（3）但见：只见。此句意为平时交游很少，只有鸥鸟不嫌弃能与之相亲。

（4）花径：长满花草的小路。

（5）蓬门：用蓬草编成的门户，以示房子的简陋。

（6）盘飧：盘盛食物的统称。市远：离市集远。无兼味谦言菜少。兼味：多种美味佳肴。

（7）樽：酒器。旧醅：隔年的陈酒。樽酒句：古人好饮新酒，杜甫以家贫无新酒感到歉意。

（8）肯：能否允许，这是向客人征询。

（9）余杯：余下来的酒。

（10）呼取：叫，招呼。

A Guest Visits Me

To north and south of my house, spring waters abound;

I see but flocks of gulls visiting every day.

The flower path isn't swept for guests coming around;

My ragged gate is opened but for you today.

As market place's far, I can cook but simple dish.

Being so poor, I've but stale wine to fill our cup.

To drink together with my neighbor, if you wish,

I'll call him o'er the fence to enjoy the wine up.

67. 旅夜书怀

细草微风岸，危樯独夜舟。

星垂平野阔，月涌大江流。

名岂文章著，官应老病休。

飘飘何所似，天地一沙鸥。

◎　注释

（1）岸：指江岸边。

（2）危樯（qiáng）：高高的船桅杆。危：高；樯：船上挂风帆的桅杆。独夜舟：是说自己孤零零的一个人夜泊江边。

（3）星垂平野阔：星空低垂，原野显得格外广阔。

（4）月涌：月亮倒映，随水流涌。大江：指长江。

（5）名岂：这句连下句，是用"反言以见意"的手法写的。杜甫确实是以文章而著名的，却偏说不是，可见另有抱负，所以这句是自豪语。休官明明是因论事见弃，却说不是，是什么老而且病，所以这句是自解语了。

（6）官应老病休：官倒是因为年老多病而被罢退。应：认为是、是。

（7）飘飘：飞翔的样子，这里含有"飘零""漂泊"的意思，因为这里是借沙鸥以写人的漂泊。

Thought on a Night Journey

Fine riverside grass lies in breeze's caress;

At night my lone boat moors with a tall mast.

Stars hang so low o'er the vast wilderness

The moon surges with the river that runs fast.

Do I gain renown by my good essays?

I lost my post for being old and dull.

What do I look like in these drifting days?

Between sky and earth, I'm a flying gull.

68. 兵车行

车辚辚，马萧萧，行人弓箭各在腰。

耶娘妻子走相送，尘埃不见咸阳桥。

牵衣顿足拦道哭，哭声直上干云霄。

道旁过者问行人，行人但云点行频。

或从十五北防河，便至四十西营田。

去时里正与裹头，归来头白还戍边。

边庭流血成海水，武皇开边意未已。

君不闻汉家山东二百州，千村万落生荆杞。

纵有健妇把锄犁，禾生陇亩无东西。

况复秦兵耐苦战，被驱不异犬与鸡。

长者虽有问，役夫敢伸恨？

且如今年冬，未休关西卒。

县官急索租，租税从何出？

信知生男恶，反是生女好。

生女犹得嫁比邻，生男埋没随百草。

君不见青海头，古来白骨无人收。

新鬼烦冤旧鬼哭，天阴雨湿声啾啾！

◎ 注释

(1) 兵车行：这首诗大约作于天宝中后期。当时唐王朝对西南的少数民族不断用兵。天宝八年（749），哥舒翰奉命进攻吐蕃，石堡城（在今青海西宁西南）一役，死数万人。天宝十年（751），剑南节度使鲜于仲通率兵八万进攻南诏（辖境主要在今云南），军大败，死六万人。为补充兵力，杨国忠遣御史分道捕人，连枷送往军所，送行者哭声震野。这首诗就是据上述情况写的。

(2) 辚（lín）辚：车轮声。《诗经·秦风·车辚》："有车辚辚。"

(3) 萧萧：马嘶叫声。《诗经·小雅·车攻》："萧萧马鸣。"

(4) 行（xíng）人：指被征出发的士兵。

(5) 耶：通假字，同"爷"，父亲。

(6) 走：奔跑。

（7）尘埃：行军时扬起的尘土。咸阳桥：指便桥，汉武帝所建，故址在今陕西咸阳市西南，唐代称咸阳桥，唐时为长安通往西北的必经之路。

（8）牵衣顿足拦道哭：拦在路上牵着士兵衣服顿脚哭。

（9）干（gān）：冲。

（10）过者：过路的人，这里是杜甫自称。

（11）但云：只说。点行（xíng）频：频繁地点名征调壮丁。

（12）或：不定指代词，有的、有的人。

（13）防河：当时常与吐蕃发生战争，曾征召陇右、关中、朔方诸军集结河西一带防御。因其地在长安以北，所以说"北防河"。

（14）西营田：古时实行屯田制，军队无战事即种田，有战事即作战。"西营田"也是防备吐蕃的。

（15）里正：唐制，每百户设一里正，负责管理户口。检查民事、催促赋役等。

（16）裹头：男子成丁，就裹头巾，犹古之加冠。古时以皂罗（黑绸）三尺裹头，曰头巾。新兵因为年纪小，所以需要里正给他裹头。

（17）边庭：边疆。

（18）武皇：汉武帝刘彻。唐诗中常有以汉指唐的委婉避讳方式。这里借武皇代指唐玄宗。唐人诗歌中好以"汉"代"唐"，下文"汉家"也是指唐王朝。开边：用武力开拓边疆。意未已：念头还没停止。

（19）汉家：汉朝。这里借指唐。山东：崤山或华山以东。古代秦居西方，秦地以外，统称山东。

（20）荆杞（qǐ）：荆棘与杞柳，都是野生灌木。

（21）陇（lǒng）亩：田地。陇，通"垄"，在耕地上培成一行的土埂，田埂，中间种植农作物。无东西：不分东西，意思是行列不整齐。

（22）况复：更何况。秦兵：指关中一带的士兵。耐苦战：能顽强苦战。这句说关中的士兵能顽强苦战，像鸡狗一样被赶上战场卖命。

（23）长者：即上文的"道旁过者"，也指有名望的人，即杜甫。征人敬称他为"长者"。役夫敢申恨：征人自言不敢诉说心中的冤屈愤恨。这是反诘语气，表现士卒敢怒而不敢言的情态。

（24）役夫：行役的人。敢：岂敢，怎么敢。

（25）且如：就如。

（26）这两句说，因为对吐蕃的战争还未结束，所以关西的士兵都不能罢遣还家。未休关西卒：还没有停止征调函谷关以西的士兵。关西：当时指函谷关以西的地方。

（27）县官：官府。

（28）比邻：近邻。

（29）青海头：青海边。这里是自汉代以来，汉族经常与西北少数民族发生战争的地方。唐初也曾在这一带与突厥、吐蕃发生大规模的战争。

（30）烦冤：愁烦冤屈。

（31）啾啾：象声词，形容凄厉的哭叫声。

Song of War—chariots

Chariots rattle and rattle; steeds neigh and neigh.

The men all march with bows and arrows at the waist.

Their parents, wives and children come to say

Goodbyes. The Xianyang Bridge is lost in dust being raised.

They tug at their coats, stamp the feet and block the roads;

Their cry sad and loud goes straight to the cloud.

I, a passer-by, stop to ask an enrollee;

"Conscriptions are too frequent," he tells me,

"Some went at fifteen to guard the north river-shore,

And were sent at forty to till the west camp-farms.

The mayor bound their hair when they went afore;

Back home with white hair, they're forced again to take arms. "

On the border, soldiers shed blood into a sea;

But our emperor's greed for land is never ceased.

Do you not see

In two hundred districts to Mount Hua's cast,

Nothing grows in thousands of villages but weeds.

Though women stout can work with plough and hoe,

Little crops in field can grow in column and row.

Since men from Qin area can face the stiffest battle,

Their officers drive them like dogs and cattle.

"You can ask any with no fear,

But we dare not have plaint to groan!

Just in the winter of this year,

Conscriptions here are going on.

The magistrates press taxes in haste;

Where and how can the payment come?

We would rather have daughters raised,

If we had known sons would be a doom,

Since daughters could be wed to neighborhoods,

But sons would be buried with weeds and woods. "

Have you not seen, to the other end of Sea Blue,

Since old days white bones have been left uncared;

The old ghosts weep and wail while the new ones rue;

On wet and gloomy days, the sound makes one scared

（唐）韦应物

韦应物(737—792)，长安(今陕西西安)人。唐代诗人，今传有十卷本《韦江州集》、两卷本《韦苏州诗集》、十卷本《韦苏州集》。散文仅存一篇。因做过苏州刺史，世称"韦苏州"。中年后目睹百姓疾苦和社会时弊，思想渐趋成熟，诗风恬淡高远，以善于写景和描写隐逸生活著称。其诗中最为人称道的是山水田园诗，后世将其归入山水田园诗派。

69. 滁州西涧

独怜幽草涧边生，

上有黄鹂深树鸣。

春潮带雨晚来急，

野渡无人舟自横。

◎ **注释**

(1) 本诗选自《韦苏州集》卷八。滁（chú）州：今安徽滁州。西涧：滁州城西郊的一条小溪，有人称上马河，即今天的西涧湖（原滁州城西水库）。

(2) 怜：怜爱。幽草：幽静的芳草。

(3) 黄鹂：黄莺。深树：树荫深处。

(4) 春潮：春天的潮汐。

(5) 野渡：野外的渡船。无人：没有渡船人。舟自横：小舟独自飘荡在水边。

The West Ravine in Chu Prefecture

I love quiet grass by the West Ravine.

O'erhead, the orioles warble in deep woods.

At dusk, the spring tide with rain rushes in;

The empty ferry drifts athwart as 'twould.

（唐）李冶

李冶（？—784），字季兰，乌程（今浙江吴兴）人，后为女道士，是中唐诗坛上享受盛名的女诗人。晚年被召入宫中，至784年，因曾上诗叛将朱泚，被德宗下令乱棒扑杀之。李冶的诗以五言擅长，多酬赠谴怀之作，现存诗十六首。她与薛涛、鱼玄机、刘采春被人称为唐代四大女诗人。

70. 明月夜留别

离人无语月无声，
明月有光人有情。
别后相思人似月，
云间水上到层城。

◎　注释

（1）层城：古代神话谓昆仑山有层城九重，后也用以比喻高大的城阙。

（2）别后相思人似月，云间水上到层城：离别之后，我的思念就像月光一样，普照大地每个角落。

Departure on a Moonlit Night

The moon is silent, as he leaves without a word;

Yet the moon shines, and his heart's bound by a love cord.

His yearning's like the moon that stays sleepless all hours;

In clouds or over waters, he climbs to tall towers.

（唐）孟郊

孟郊（751—815），字东野，湖州武康（今浙江德清县）人，祖籍平昌（今山东德州临邑县），唐代著名诗人。孟郊仕历简单，清寒终身，为人耿介倔强，因其诗作多写世态炎凉，民间苦难，故有"诗囚之称"。又与贾岛齐名，人称"郊寒岛瘦"。

71. 游子吟

慈母手中线，游子身上衣。

临行密密缝，意恐迟迟归。

谁言寸草心，报得三春晖。

◎　注释

（1）游子吟：题下原注："迎母溧上作。"当时作者居官溧阳县尉时所作。吟：吟诵，诵读，诗体名称；游子：出门远游的人，即作者自己，以及各个离乡的游子。

（2）临：将要。

（3）意恐：心里很担心。归：回家。

（4）谁言：一作"难将"。言：说。寸草：小草，这里比喻儿女。心：语义双关，既指草木的茎干，也指子女的心意。

（5）报得：报答。三春晖：春天灿烂的阳光，指慈母之恩。三春：旧称农历正月为孟春，二月为仲春，三月为季春，合称三春；晖：阳光，形容母爱如春天温暖、和煦的阳光照耀着子女。

A Wandering Son's Song

The thread in the kind mother's hands is sewn

Into a coat for her wandering son.

She weaves and weaves before he leaves,

For fear that he might delay and delay his return.

Who says the gratitude of inch-long grass

Can repay the warmth of the spring sun?

（唐）王建

王建（约 767—约 830），字仲初，颍川（今河南许昌）人。他写了大量的乐府，同情百姓疾苦，与张籍齐名。其诗题材广泛，生活气息浓厚，思想深刻。善于选择有典型意义的人、事和环境加以艺术概括，集中而形象地反映现实，揭露矛盾。又写过宫词百首，在传统的宫怨之外，还广泛地描绘宫中风物，是研究唐代宫廷生活的重要材料。

72. 十五夜望月寄杜郎中

中庭地白树栖鸦，

冷露无声湿桂花。

今夜月明人尽望，

不知秋思在谁家？

◎ **注释**

（1）十五夜：指农历八月十五的晚上，即中秋夜。杜郎中：即杜元颖。

（2）中庭：即庭中，庭院中。地白：指月光照在庭院的样子。树栖鸦：树上的鸦雀都休息了。

鸦：鸦雀。

（3）冷露：秋天的露水。

（4）尽：都。

（5）秋思（sì）：秋天的情思，这里指怀人的思绪。在：一作"落"。

Gazing at the Moon on Mid-autumn Night

Crows perching in the courtyard with white hue,

And laurels wetted quietly by cold dew,

We're all gazing at the bright moon tonight,

Not knowing whose house autumn mood falls to.

（唐）刘禹锡

刘禹锡（772—842），字梦得，彭城（今山东徐州）人，自称是汉中山靖王后裔，曾任监察御史，是王叔文政治改革集团的一员。唐代中晚期著名诗人、文学家、哲学家，有"诗豪"之称。刘禹锡诗文俱佳，涉猎题材广泛，与柳宗元并称"刘柳"，与韦应物、白居易合称"三杰"，有《陋室铭》《竹枝词》《杨柳枝词》《乌衣巷》等名篇。

73. 竹枝词二首

其一

杨柳青青江水平，

闻郎江上踏歌声。

东边日出西边雨，

道是无晴却有晴。

其二

山桃红花满上头，

蜀江春水拍山流。

花红易衰似郎意，

水流无限似侬愁。

◎　注释

（1）竹枝词：乐府近代曲名，又名《竹枝》，由古代巴蜀间的民歌演变过来的。唐代刘禹锡把民歌变成文人的诗体，多写男女爱情和三峡的风情，流传甚广。后代诗人多以《竹枝词》为题写爱情和乡土风俗。其形式为七言绝句。

（2）踏歌：一种风俗，现在南方的一些少数民族地区还有这种习俗或者说是表达习惯。踏：用脚踏地打着拍子。

（3）晴：与"情"谐音。《全唐诗》：也写作"情"。

（4）山桃：野桃。上头：山头，山顶上。

Two Poems to the Tune of *Bamboo Twig Lyrics*

I

Green, green are the willows by the river in peace;

She listens to her swain singing o'erthere at ease.

It rains in the west while the sun shines in the east;

It's not a lovely day, but it's lovely, she sees.

II

Peach flowers are reddening all over the hill,

The foot of which is patted by the Shu spring rill.

My swain's love is like those shortly-withering flowers,

And my grief, the stream flowing without ending hours.

74. 秋词二首

其一

自古逢秋悲寂寥，

我言秋日胜春朝。

晴空一鹤排云上，

便引诗情到碧霄。

其二

山明水净夜来霜，

数树深红出浅黄。

试上高楼清入骨，

岂如春色嗾人狂。

◎　**注释**

（1）悲寂寥：悲叹萧条空寂。宋玉《九辩》有"悲哉，秋之为气也""寂寥兮，收潦而水清"
　　　等句。

（2）春朝：春初朝，初春。朝：有早晨的意思，这里指刚开始。

（3）晴：一作"横"。排云：推开白云。排：推开，有冲破的意思。

（4）诗情：作诗的情绪、兴致。碧霄：青天。

（5）深红：指红叶。浅黄：指枯叶。数树深红出浅黄：树叶由绿转黄，其中有几棵叶子是红色。

（6）清入骨：秋天的景色清澈刺骨。入骨：刺骨。

（7）嗾（sǒu）：使唤狗，指人在指使狗时发出的叫声。这里是"使"的意思。春色嗾人狂：
　　　春天让人像狗一样发狂。

Two Poems on Autumn

I

Since the old time, autumn has been a woeful thing;

But I'd like to say autumn is better than spring.

A crane does soar atop the cloud in the blue sky,

Arousing my poetic sense to the heaven high.

II

Frosted at night, hills and waters are clear and clean;

In yellowish woods, a few deep-reds are brightly seen.

Try going upstairs, and you'll feel cool to your bone;

It's not like the spring that makes you a maniac one.

（唐）白居易

白居易（772—846），字乐天，晚年又号香山居士，河南新郑（今郑州新郑）人，唐代伟大的现实主义诗人，中国文学史上负有盛名且影响深远的诗人和文学家，他的诗歌题材广泛，形式多样，语言平易通俗，有"诗魔"和"诗王"之称，与李白、杜甫并称"李杜白"。白居易与元稹共同倡导新乐府运动，世称"元白"，与刘禹锡并称"刘白"。官至翰林学士、左赞善大夫。有《白氏长庆集》传世，代表诗作有《长恨歌》《卖炭翁》《琵琶行》等。

75. 赋得古原草送别

离离原上草，一岁一枯荣。
野火烧不尽，春风吹又生。

远芳侵古道，晴翠接荒城。
又送王孙去，萋萋满别情。

◎ 　注释

（1）赋得：借古人诗句或成语命题作诗。诗题前一般都冠以"赋得"二字。这是古代人学习作诗或文人聚会分题作诗或科举考试时命题作诗的一种方式，称为"赋得体"。

（2）离离：盛多貌、浓密貌，此处指青草茂盛的样子。

（3）一岁一枯荣：野草每年都会茂盛一次，枯萎一次。枯：枯萎；荣，茂盛。

（4）远芳侵古道：远处芬芳的野草一直长到古老的驿道上。远芳：草香远播；芳：指野草那
　　浓郁的香气；侵：侵占，长满。

（5）晴翠：草原明丽翠绿。

（6）王孙：本指贵族后代，此指远方的友人。

（7）萋萋：形容草木长得茂盛的样子。此句意指茂密的青草代表我的深情。

Grass on an Ancient Plain

Lush lush grows the grass on the plain;

It prospers and withers once a year.

Wild fire tries to burn it in vain;

When spring wind blows, it grows in cheer.

Its scent pervades the ancient avenue;

Its sunny green spreads to the deserted wall.

Once more I bid my princely friend adieu,

Its lush green is my yearning for you all.

76. 大林寺桃花

人间四月芳菲尽，

山寺桃花始盛开。

长恨春归无觅处，

不知转入此中来。

◎　**注释**

（1）大林寺：在庐山大林峰，相传为晋代僧人昙诜所建，为我国佛教圣地之一。

（2）人间：指庐山下的平地村落。芳菲：盛开的花，亦可泛指花，花草艳盛的阳春景色。尽：
　　指花都凋谢了。

（3）山寺：指大林寺。始：才开始，刚刚开始。

（4）长恨：常常惋惜。春归：春天回去了。觅：寻找。

（5）不知：岂料、想不到。转：反。此中：这深山的寺庙里。

Peach Blossom at Dalin Temple

In the late spring, all flowers fade to none;

Peaches at Dalin Temple start to bloom.

I deeply lament where the spring has gone,

Without knowing it has moved to this zone.

77. 长相思·汴水流

汴水流，泗水流，

流到瓜州古渡头。

吴山点点愁。

思悠悠，恨悠悠，

恨到归时方始休。

月明人倚楼。

◎　**注释**

（1）汴水：源于河南，东南流入安徽宿县、泗县，与泗水合流，入淮河。泗水：源于山东曲阜，经徐州后，与汴水合流入淮河。

（2）瓜州：在今江苏省扬州市南面。

（3）吴山点点愁：遥望去，江南的群山在默默点头，频频含羞，凝聚着无限哀愁。吴山：泛指江南群山。

（4）悠悠：深长的意思。

Bian Waters Flow: To the Tune of *Long Yearning*

Bian Waters flow;

Si Waters flow;

They flow to the old ferry of Guazhou.

Mount Wushan is dotted with woe.

She does yearn and yearn,

And groan and groan.

All sufferings won't end till his return.

Now she's leaning by the moonlit tower alone.

（唐）崔护

崔护（772—846），字殷功，唐代博陵（今河北定州市）人。796年（贞元十二年）登第（进士及第）。829年（大和三年）为京兆尹，同年为御史大夫、广南节度使。其诗诗风精练婉丽，语极清新。《全唐诗》存诗6首，皆是佳作。尤以《题都城南庄》流传最广，脍炙人口，有目共赏。所谓一诗定诗名，崔护也以这一首诗成就了他的名垂青史。

78. 题都城南庄

去年今日此门中，

人面桃花相映红。

人面不知何处去，

桃花依旧笑春风。

◎　注释

（1）都：国都，指唐朝京城长安。

（2）人面：一个姑娘的脸。第三句中"人面"指代姑娘。此两句：去年冬天，就在这扇门里，姑娘脸庞，相映鲜艳桃花。

（3）不知：一作"祇今"。

（4）笑：形容桃花盛开的样子。此两句：今日再来此地，姑娘不知去向何处，只有桃花依旧，含笑怒放春风之中。

Writing in a Village South of the Capital

On this day of last year, just by this door,

Her face's as pink as peach flowers, I saw.

Where can I find her face today?　Who sees?

The peach flowers still smile in the spring breeze.

（唐）元稹

元稹（779—831），字微之，别字威明，洛阳人（今河南洛阳）。北魏宗室鲜卑族拓跋部后裔，是什翼犍之十四世孙。早年和白居易共同提倡"新乐府"，世人常把他和白居易并称"元白"。其诗词浅意哀，仿佛孤凤悲吟，极为扣人心扉，动人肺腑。现存诗830余首，收录诗赋、诏册、铭谏、论议等共100卷，留世有《元氏长庆集》。

79. 离思（其四）

曾经沧海难为水，
除却巫山不是云。
取次花丛懒回顾，
半缘修道半缘君。

◎ **注释**

（1）离思：离别后的思绪。

（2）曾：副词，曾经。经：经历。沧海：古人通常称渤海为沧海，这里当指浩瀚的大海。难为水：
沧海深广，因而使别地方的水相形见绌。

（3）除却：除了。巫山：此指长江巫峡沿岸的"巫山十二峰"，其中朝云峰分外秀美，传说为神女所化。不是云：宋玉《高唐赋》说，巫山之云为神女所化，上属于天，下入于渊，茂如松树，美若娇姬。相形之下，别处的云就黯然失色，是不怎么美丽好看的云了。

（4）取次花丛懒回顾：意思是说我即使走到女人堆里，也毫不留心地过去，懒得回头观看。

取次：依次，循序而进，这里有任意，随便之意，可理解为随便任意走走（引申）；花丛：
是用花比女人。

（5）缘：因为。修道：作者既信佛也信道，但此处指的是品德学问的修养。君：你，指诗人
的亡妻韦丛。

Thoughts on His Deceased Wife (4)

No waters could I see, since I've once been to sea;

No cloud is worth my peek, but that on Wushan's peak.

Walking through flowers nice, I wouldn't see them twice,

Half due to discipline I keep, half to my love for you so deep.

（唐）杜牧

杜牧（803—约852），字牧之，号樊川居士，京兆万年（今陕西西安）人。晚唐杰出诗人，尤以七言绝句著称，内容以咏史抒怀为主，其诗英发俊爽，多切经世之物，在晚唐成就颇高。杜牧晚年居长安南樊川别墅，故后世称"杜樊川"。杜牧人称"小杜"，并李商隐并称"小李杜"。

80. 遣怀

落魄江湖载酒行，

楚腰纤细掌中轻。

十年一觉扬州梦，

赢得青楼薄幸名。

◎ **注释**

（1）落魄：仕宦潦倒不得意，漂泊江湖。"魄"一作"拓"。楚腰：指细腰美女。《韩非子·二柄》："楚灵王好细腰，而国中多饿人。"这里均指扬州妓女。

（2）掌中轻：汉成帝皇后赵飞燕"体轻，能为掌上舞"（《飞燕外传》）。

（3）十年：一作"三年"。

（4）青楼：旧指精美华丽的楼房，也指妓院。薄幸：薄情。此两句意指流连青楼，只落得个薄情郎的名声。

Confession

Forlorn and wretched, I roved the world with wine,

Playing around maids with slim waist and weight.

Ten years in Yangzhou like a dream so fine,

I've earned from Blue Houses a fickle state.

81. 金谷园

繁华事散逐香尘，

流水无情草自春。

日暮东风怨啼鸟，

落花犹似坠楼人。

◎ **注释**

（1）金谷园：西晋卫尉石崇的豪华宅第，故址在今河南洛阳。石崇有爱姬绿珠，当石崇遭人陷害被捕时，绿珠跳楼自殒。

（2）香尘：石崇为教练家中舞伎步法，以沉香屑铺象牙床上，使她们践踏，无迹者赐以珍珠。

（3）坠楼人：指石崇爱妾绿珠，为石崇坠楼而死。

The Golden Valley Garden

Past splendors fade away with incensed dust;

Heartless water flows; spring grass grows in just.

At dusk the east wind complains of birds' calling,

And flowers down like the poor beauty's falling.

82. 赠别二首

其一

娉娉袅袅十三余，

豆蔻梢头二月初。

春风十里扬州路，

卷上珠帘总不如。

其二

多情却似总无情，

唯觉樽前笑不成。

蜡烛有心还惜别，

替人垂泪到天明。

◎ **注释**

（1）娉娉袅袅：形容女子体态轻盈美好。十三余：言其年龄。

（2）豆蔻：据《本草》载，豆蔻花生于叶间，南人取其未大开者，谓之含胎花，常以比喻处女。

（3）"春风"两句：说繁华的扬州城中，十里长街上有多少歌楼舞榭，珠帘翠幕中有多少佳人姝丽，但都不如这位少女美丽动人。

（4）"多情"一句：意谓多情者满腔情绪，一时无法表达，只能无言相对，倒像彼此无情。

（5）樽：古代盛酒的器具。

Two Poems on Parting

I

Slender and graceful, she is just over thirteen,

Like a cardamom budding in the early spring,

When she does come down the ten-mile long Yangzhou Street,

Other belles scroll down their pearl blinds in case they meet.

II

Though deep in love, we seem to love each other least,

Since we are frozen to smile at our farewell feast.

The candle has a heart that feels we are to part,

and sheds tears for us till the sun rises from east.

（唐）赵嘏

赵嘏（约806—853），字承佑，楚州山阳（今江苏省淮安市淮安区）人，唐代诗人。年轻时四处游历，大和七年预省试进士下第，留寓长安多年，出入豪门以求功名，其间似曾远去岭表当了几年幕府。后回江东，家于润州（今镇江）。会昌四年进士及第，一年后东归。宣宗大中六七年(852/853)卒于任。上存两百多首，其中七律、七绝最多且较出色。

83. 江楼感旧

独上江楼思渺然，

月光如水水如天。

同来望月人何处？

风景依稀似去年。

◎　**注释**

（1）江楼：江边的小楼。感旧：感念旧友旧事；一作"感怀"。

（2）思渺然：思绪怅惘。渺（miǎo）然：悠远的样子。唐刘长卿《送秦侍御外甥张篆之福州谒鲍大夫》诗："万里闽中去渺然，孤舟水上入寒烟。"

（3）依稀：仿佛，好像。《魏书·刘昶传》："故令班镜九流，清一朝轨，使千载之后，我得髣像唐虞，卿等依俙元、凯。"此两句意思是：曾经和我一起来赏月的人去哪里了？只留下这风景还和曾经一样。

Thinking of my Old Friend on the River Tower

On the river tower, my sad thoughts fly;

Moonbeams blend with water, and water with sky.

Where is he who enjoyed the moon with me?

Last year's scenery still remains in nigh.

（唐）温庭筠

温庭筠（约812—约866），本名岐，字飞卿，太原祁（今天山西省祁县）人，晚唐时期诗人、词人。工诗，与李商隐齐名，时称"温李"。富有天才，文思敏捷，每入试，押官韵，八叉手而成八韵，所以也有"温八叉"之称。然恃才不羁，又好讥刺权贵，多犯忌讳，取憎于时，故屡举进士不第，长被贬抑，终生不得志。其诗辞藻华丽，浓艳精致，内容多写闺情，少数作品对时政有所反映。其词艺术成就在晚唐诸词人之上，为"花间派"首要词人，对词的发展影响较大。

84. 梦江南二首

（一）

梳洗罢，独倚望江楼。
过尽千帆皆不是，
斜晖脉脉水悠悠。
肠断白蘋洲。

（二）

千万恨，恨极在天涯。
山月不知心里事，
水风空落眼前花。
摇曳碧云斜。

◎ 注释

（1）望江南：又名"梦江南""忆江南"，原唐教坊曲名，后用为词牌名。段安节《乐府杂录》："《望江南》始自朱崖李太尉（德裕）镇浙日，为亡妓谢秋娘所撰，本名'谢秋娘'，后改此名。"《金奁集》入"南吕宫"。小令，单调二十七字，三平韵。

（2）梳洗：梳头、洗脸、化妆等妇女的生活内容。罢：完毕。

（3）独：独自，单一。望江楼：楼名，因临江而得名。

（4）千帆：上千只帆船。帆：船上使用风力的布蓬，又作船的代名词。皆：副词，都。

（5）斜晖：日落前的日光。晖：阳光。脉脉：本作"眽眽"，凝视貌。《古诗十九首》有"盈盈一水间，脉脉不得语"，后多用以示含情欲吐之意。

（6）肠断：形容极度悲伤愁苦。白蘋（pín）：水中浮草，色白。古时男女常采蘋花赠别。洲：水边陆地。

（7）恨：离恨。

（8）天涯：天边，指思念的人在遥远的地方。

（9）摇曳：摇荡，动荡。

Two Poems to the Tune of *Dream of River South*

I

After combing and washing,

I lean alone over the river tower, watching.

Thousands of boats have sailed by, but I can't find you.

The sun shines askew and the river flows in blue.

The White-Weed Shoal wears a heart-breaking hue.

II

Thousands of rue

Extends to the world's end I can view.

The mountain moon doesn't find what's in my mind;

Wind and rain ruin flowers before my eyes in vain.

Dark clouds sway and stretch askew.

85. 更漏子 · 玉炉香

玉炉香，红蜡泪，

偏照画堂秋思。

眉翠薄，鬓云残，

夜长衾枕寒。

梧桐树，三更雨，

不道离情正苦。

一叶叶，一声声，

空阶滴到明。

◎ **注释**

（1）更漏子：词牌名。唐人称夜间为"更漏"，杜甫《江边新乐诗》："余光隐更漏，况乃露华浓。"许浑《韶州驿楼》诗："主人不醉下楼去，月在南轩更漏长。"此调创于晚唐，而温庭筠最擅其词。

（2）画堂：华丽的内室。前三句：玉炉散发着炉香烟，红色的蜡烛滴着烛泪，摇曳的光影映照出华丽屋宇的凄迷。

（3）鬓（bìn）云：鬓发如云。

（4）衾（qīn）：被子。此三句：她的蛾眉颜色已褪，鬓发也已零乱，漫漫长夜无法安眠，只觉枕被一片寒凉。

（5）梧桐：落叶乔木，古人以为是凤凰栖止之木。

（6）不道：不管、不理会的意思。明：天明。

Fragrant Censers of Jade: To the Tune of *Water Clock Song*

Fragrant censers of jade

And tearful candles red

Bring the painted chamber an autumn mood.

With eyebrows untrimmed

And locks uncombed,

She fights with the long night on the cold bed.

The phoenix trees

And midnight rain

Don't care about her grievous parting pain.

Leaf upon leaf,

And Drop by drop,

Fall on the empty steps till dawn.

（唐）李商隐

　　李商隐（约813—约858），字义山，号玉溪（谿）生，原籍怀州河内（今河南沁阳），祖辈迁荥阳。晚唐著名诗人，和杜牧合称"小李杜"，与温庭筠合称为"温李"，擅长骈文写作，诗作文学价值也很高。其诗构思新奇，风格浓丽，尤其是一些爱情诗写得缠绵悱恻，为人传诵。因处于牛李党争的夹缝之中，一生很不得志。死后葬于家乡沁阳（今沁阳与博爱县交界之处）。作品收录为《李义山诗集》。

86. 锦瑟

锦瑟无端五十弦，一弦一柱思华年。

庄生晓梦迷蝴蝶，望帝春心托杜鹃。

沧海月明珠有泪，蓝田日暖玉生烟。

此情可待成追忆，只是当时已惘然。

◎　**注释**

（1）锦瑟：装饰华美的瑟。瑟：拨弦乐器，通常二十五弦。无端：何故。五十弦：这里是托古之词。作者的原意，当也是说锦瑟本应是二十五弦。柱：调整弦的音调高低的支柱。此两句意思是：绘有花纹的美丽如锦的瑟有五十根弦，我也快到五十岁了，一弦一柱都唤起了我对逝水流年的追忆。

（2）庄生晓梦迷蝴蝶：《庄子·齐物论》曰："庄周梦为蝴蝶，栩栩然蝴蝶也；自喻适志与！不知周也。俄然觉，则蘧蘧然周也。不知周之梦为蝴蝶与？蝴蝶之梦为周与。"商隐此引庄周梦蝶故事，以言人生如梦，往事如烟之意。

（3）望帝春心托杜鹃：《华阳国志·蜀志》曰："杜宇称帝，号曰望帝……其相开明，决玉垒山以除水害，帝遂委以政事，法尧舜禅授之义，遂禅位于开明。帝升西山隐焉。时适二月，子鹃鸟鸣，故蜀人悲子鹃鸟鸣也。"子鹃即杜鹃，又名子规。

（4）珠有泪：《博物志》曰："南海外有鲛人，水居如鱼，不废绩织，其眼泣则能出珠。"

（5）蓝田：在今陕西省蓝田县东南，古代著名的美玉产地。《元和郡县志》曰："关内道京兆府蓝田县：蓝田山，一名玉山，在县东二十八里。"

A Fair Zither

The fair zither has fifty strings. O who knows why?

Each string and each strain evokes but past golden years.

I'm perplexed like Zhuang Zhou dreaming a butterfly,

And grieved like Du Yu turning to Cuckoos with tears,

In the moonlit sea, Mermaid's tears frozen to pearls,

In sunburnt Lantian, smoke rising even from jade,

These feelings have been stored into future recalls,

But I was careless then, and no good care was paid.

（五代）韦庄

韦庄（约836—约910），字端已，长安杜陵（今中国陕西省西安市附近）人，晚唐诗人、词人。唐初宰相韦见素后人，诗人韦应物的四代孙，至韦庄时，其族已衰，父母早亡，家境寒微。韦庄工诗，其诗多以伤时、感旧、离情、怀古为主题；其词多写自身的生活体验和上层社会之冶游享乐生活及离情别绪，词风清丽，是五代时期花间派词人，与温庭筠同为花间派的重要词人，并称"温韦"。有《浣花词》流传。曾任前蜀宰相，谥文靖。

87. 思帝乡·春日游

春日游，杏花吹满头。
陌上谁家年少，足风流。

妾拟将身嫁与，一生休。
纵被无情弃，不能羞。

◎ **注释**

（1）思帝乡：唐教坊曲名，后用作词调名。词起源于唐，流行于中唐以后，到宋而达极盛。

（2）足：足够，十分。

（3）一生休：这一辈子就算了。

（4）"纵被"两句：即使被遗弃，也不在乎。

Spring Hike: To the Tune of *Think of the Imperial Country*

I went on a spring hike alone,

Apricot flowers blown all o'er my face.

Over the fields walked a young man unknown,

Handsome and in good grace.

Oh, how I want to be his wife

Devoting all my life.

Even if he abandons me without a name,

I shall not feel the shame.

88. 木兰花·独上小楼春欲暮

独上小楼春欲暮，

愁望玉关芳草路。

消息断，不逢人，

却敛细眉归绣户。

坐看落花空叹息，

罗袂湿斑红泪滴，

千山万水不曾行，

魂梦欲教何处觅。

◎ **注释**

（1）木兰花：词牌名，起源于唐代教坊曲。这首词描写了思妇对征人的怀念。

（2）玉关：玉门关，这里泛指征人所在的远方。

（3）袂（mèi）：衣袖；红泪：泪从涂有胭脂的面上洒下，故为"红泪"。又解，指血泪。
据王嘉《拾遗记》载：薛灵芸是魏文帝所爱的美人，原为良家女子，被文帝选入六宫。

灵芸升车就路之时，以玉唾壶承泪。壶则红色，及至京师，泪凝为血。以后，文学作品中常把女子悲哭的泪水称为"红泪"。

She Went Upstairs Along: To the Tune of *Magnolia*

She went upstairs alone and found spring would be gone;

She gazed sadly at the grass road to Jade Pass in a remote zone.

No words to come, she met

No postman on the tower.

She frowned her thin eyebrow and returned to her bower.

She sighed in vain while looking at the falling flower,

Tears dripping down and staining her silk sleeve.

She has ne'er traveled to mountains and rivers,

How could her soul and dream go to look for her sweet.

（五代）冯延巳

冯延巳（903—960），又名延嗣，字正中，广陵（今江苏省扬州市）人。五代十国时期南唐词人，仕于南唐烈祖、中主二朝，三度入相，官终太子太傅，卒谥忠肃。他的词多写闲情逸致，文人的气息很浓，对北宋初期的词人有比较大的影响。宋初《钓矶立谈》评其"学问渊博，文章颖发，辩说纵横"，其词集名《阳春集》。

89. 谒金门·风乍起

风乍起，吹皱一池春水。

闲引鸳鸯香径里，手挼红杏蕊。

斗鸭阑干独倚，碧玉搔头斜坠。

终日望君君不至，举头闻鹊喜。

◎　注释

（1）谒金门：词牌名，双调，仄韵四十五字。敦煌曲词中有"得谒金门朝帝庭"句，疑即此本义。

（2）乍：忽然。

（3）闲引：无聊地逗引着玩。

（4）香径：指池边的小路。

（5）挼：揉搓。

（6）斗鸭：以鸭相斗为欢乐。斗鸭阑和斗鸡台，都是官僚显贵取乐的场所。独：一作"遍"。

（7）碧玉搔头：即碧玉簪。《西京杂记》载："（汉）武帝过李夫人，就取玉簪搔头；自此后，宫人搔头皆用玉。"

（8）斜坠：是说它斜露在头发外面，给人以一种快要掉下来的感觉。

（9）终日：整天。君：古代对人的一种尊称，这里指妇女心爱的男子。

Wind Begins to Blow: To the Tune of *Visiting the Golden Gate*

The wind begins to blow,

A spring pond is ruffling as if in woe.

She drives leisurely lovebirds into a path of fragrance,

And plays with those apricots' stamens in hands.

Watching ducks' fight, she leans by railings alone,

With jade hairpins stuck slant in her hair.

All the day she waits him to come, but in vain,

Raising her head, she hears magpies in a glad air.

90. 鹊踏枝·谁道闲情抛掷久

谁道闲情抛掷久，

每到春来，惆怅还依旧。

日日花前常病酒，

敢辞镜里朱颜瘦。

河畔青芜堤上柳，

为问新愁，何事年年有。

独立小楼风满袖，

平林新月人归后。

◎　**注释**

（1）鹊踏枝：词牌名，即"蝶恋花"，双片六十字，前后片各四仄韵，多写缠绵悱恻之情。

（2）闲情：闲愁，闲散之情。

（3）病酒：饮酒沉醉如病，醉酒。

（4）敢辞：岂敢辞，这里有"听任"的意思。敢：一作"不"。

（5）朱颜：这里指红润的脸色。

（6）青芜：丛生青草。

（7）平林：平原上的树林。李白《菩萨蛮》："平林漠漠烟如织。"

（8）新月：阴历每月初出的弯形月亮。

Who Says I have been Long on Idle Play: To the Tune of
Magpie on a Branch

Who says I have been long on idle play?

When it is spring,

I am still a moody being.

I get drunk before flowers day by day,

And in the mirror I look thin and gray.

With willows ashore and green grass afore,

My new woe's here;

What causes it year after year?

Wind in sleeves, I stand on the bridge alone,

New moon over the woods after all's gone.

（五代）牛希济

牛希济（913年前后在世）字不详，陇西（今甘肃）人，牛峤之侄。生卒年均不详，约后梁太祖乾化中前后在世。仕蜀为翰林学士、御史中丞。同光三年（925），蜀亡，降于后唐。明宗拜为雍州节度副使。花间词称牛学士，其词今存十四首（见《唐五代词》），均清新自然，无雕琢气。

91. 生查子·春山烟欲收

春山烟欲收，天澹星稀小。
残月脸边明，别泪临清晓。

语已多，情未了，回首犹重道：
记得绿罗裙，处处怜芳草。

◎ **注释**

（1）生查子：词调名，原为唐教坊曲名。这首词写一对情侣拂晓惜别的依依之情，是五代词中写离情的名篇，结尾尤为人称道。

（2）烟欲收：山上的雾气正开始收敛。烟：此指春晨弥漫于山前的薄雾。

（3）残月：弯月。

（4）了：完结。

（5）重道：再次说。

（6）记得绿罗裙，处处怜芳草：南朝梁江总妻《赋亭草》："雨过草芊芊，连云锁南陌。门前君试看，是妾罗裙色。"牛希济这两句词可能出于这首诗。

Poem to the Tune of *Shengzhazi*

Smoke is to converge on spring mountains high;

Stars look small and sparse in the blueish sky.

The falling moon shines brightly on their cheeks;

Daybreak is near; they still shed parting tears.

They've talked too much, but with more love to pour,

Turning her head back, she urged him once more:

Keep in mind the green satin skirt I wear,

And feel tender to green grass everywhere.

（五代）李璟

李璟（916—961），五代十国时期南唐第二位皇帝，943年嗣位。后因受到后周威胁，削去帝号，改称国主，史称南唐中主。即位后开始大规模对外用兵，消灭楚、闽二国。他在位时，南唐疆土最大。他的词，感情真挚，风格清新，语言不事雕琢，"小楼吹彻玉笙寒"是流芳千古的名句。961年逝，时年四十六岁。庙号元宗，谥号明道崇德文宣孝皇帝。其诗词被收录《南唐二主词》中。

92. 摊破浣溪沙二首

（一）

菡萏香销翠叶残，

西风愁起绿波间。

还与韶光共憔悴，不堪看。

细雨梦回鸡塞远，

小楼吹彻玉笙寒。

多少泪珠何限恨，倚阑干。

（二）

手卷真珠上玉钩，

依前春恨锁重楼。

风里落花谁是主？思悠悠。

青鸟不传云外信，

丁香空结雨中愁。

回首绿波三楚暮，接天流。

◎ **注释**

（1）词调名有加"摊破"二字的，意思是将某一个曲调，摊破一两句，增字衍声，另外变成一个新的曲调，但仍用原有调名，而加上"摊破"二字，以为区别。"摊破"是兼文字和音乐而言，如果单从文字方面说，"摊破"就是"添字"。"摊破浣溪沙"，又名"山花子"，在原"浣溪沙"上下片各增三字，韵位不变。

（2）菡萏：荷花。

（3）韶（sháo）光：一般指"春光"，引申为美好的时光。

（4）"西风愁起"一句：西风从绿波之间起来。以花叶凋零，故曰"愁起"。

（5）"细雨梦回"一句：鸡塞《汉书·匈奴传》："送单于出朔方鸡鹿塞。"颜师古注："在朔方浑县西北（今陕西横山县西）。"《后汉书·和帝纪》："窦宪出鸡鹿塞"，简称鸡塞，亦作"鸡禄山"。《花间集》卷八孙光宪《定西番》："鸡禄山前游骑。"这里泛指边塞。

（6）彻：大曲中的最后一遍。"吹彻"意谓吹到最后一曲。笙以吹久而含润，故云"寒"。元稹《连昌宫调》："逡巡大遍凉州彻"，"大遍"有几十段。后主《玉楼春》："重按霓裳歌遍彻"，可以参证。

（7）玉笙寒：玉笙以铜质簧片发声，遇冷则音声不畅，需要加热，叫暖笙。寒：笙吹久了因呼吸带入了水分，所以叫作"寒"。也可作玉笙凄凉解。

（8）倚：明吕远本作"寄"，《读词偶得》曾采用之。但"寄"字虽好，文意比较隐晦，今仍从《花庵词选》与通行本，作"倚"。

（9）真珠：即珠帘。

（10）青鸟：传说曾为西王母传递消息给武帝，这里指带信的人。云外：指遥远的地方。

（11）丁香结：丁香的花蕾，此处用以象征愁心。

（12）三楚：指南楚、东楚、西楚。三楚地域，说法不一。这里用《汉书·高帝纪》注：江陵（今湖北江陵一带）为南楚。吴（今江苏吴县一带）为东楚。彭城（今江苏铜山县一带）为西楚。三楚暮：一作"三峡暮"。

Two Poems to the Tune of *Lengthened Silk Washing*

I

Gone is the lotus' fragrance, and withered its leaves;

Among green waves, the west wind brings sad heaves.

Our life is on the wane, as time goes by.

A cruel sight to our eye.

In drizzle, her dream goes to the North Fort;

In the hall wept jade pipes of a cold sort.

How many tears she shed o'er painful wail?

And she leaned on a rail.

II

Roll up the pearl curtain to the jade hook;

I lock spring woe in towers as I took.

Who owns the fallen flowers in the air?

My thought goes on for e'er.

Blue birds bring no words out of the cloud's way;

In vain, lilacs knit glooms in a rainy day,

Green waves flow from the Three Gorges in my eye,

And mingle with the sky.

（五代）李煜

李煜（937—978），南唐中主李璟第六子，初名从嘉，字重光，号钟隐、莲峰居士。南唐最后一位国君。李煜精书法、工绘画、通音律，诗文均有一定造诣，尤以词的成就最高。李煜的词，继承了晚唐以来温庭筠、韦庄等花间派词人的传统，又受李璟、冯延巳等的影响，语言明快、形象生动、用情真挚，风格鲜明，其亡国后词作更是题材广阔，含意深沉，在晚唐五代词中别树一帜，对后世词坛影响深远。千古杰作有《虞美人》《浪淘沙》《乌夜啼》等词。

93. 虞美人·春花秋月何时了

春花秋月何时了？

往事知多少。

小楼昨夜又东风，

故国不堪回首月明中。

雕栏玉砌应犹在，

只是朱颜改。

问君能有几多愁，

恰似一江春水向东流。

◎ 注释

（1）虞美人：原为唐教坊曲，初咏项羽宠姬虞美人死后地下开出一朵鲜花，因以为名。又名《一江春水》《玉壶水》《巫山十二峰》等。双调，五十六字，上下片各四句，皆为两仄韵转两平韵。

（2）了：了结，完结。

（3）雕栏玉砌：指远在金陵的南唐故宫。砌：台阶。

（4）应犹：一作"依然"。

（5）朱颜改：指所怀念的人已衰老。

（6）君：作者自称。能：或作"都""那""还""却"。

When is the End: To the Tune of *Beauty Yu*

When is the end of spring blooms and autumn moon?

Can so many past events leave me soon?

The east wind blew again through my attic last night;

How cruel it is to make me think of my lost land in moonlight!

The carved rails and jade steps should still be there;

Their red color must have shown signs of wear.

"How much distress do you have?" You ask me.

"Just like a full river of spring flood rushing to the east sea."

94. 相见欢·无言独上西楼

无言独上西楼，月如钩。

寂寞梧桐深院锁清秋。

剪不断，理还乱，是离愁。

别是一番滋味在心头。

◎　注释

（1）相见欢：原为唐教坊曲名，后用为词牌名。又名"乌夜啼""秋夜月""上西楼"。
三十六字，上片三平韵，下片两仄韵两平韵。

（2）西楼：指西边的楼。

（3）锁清秋：深深被秋色所笼罩。

（4）离愁：指去国之愁。

（5）别是一般：也作"别是　番"，另有一种意味。

In Silence I Climb on the West Tower: To the Tune of *Joy at Meeting*

In silence, on the west tower I climb,

The moon looks like a hook;
Lone phoenix trees stand in the deep yard locked in autumn clime.

Too tough to cut,

Too tangled to sort apart,

Tis the parting grief.

Tis so special; nothing ever tastes like that to my heart.

95. 相见欢·林花谢了春红

林花谢了春红，太匆匆。
无奈朝来寒雨晚来风。

胭脂泪，相留醉，几时重。
自是人生长恨水长东。

◎　注释

（1）谢：凋谢。

（2）匆匆：一作忽忽。

（3）无奈朝来寒雨：一作"常恨朝来寒重"。无奈：作常恨；寒雨：一作"寒重"。晚：一作晓。

（4）胭脂泪：原指女子的眼泪，女子脸上搽有胭脂，泪水流经脸颊时沾上胭脂的红色，故云。在这里，胭脂是指林花着雨的鲜艳颜色，指代美好的花。

（5）相留醉：一作"留人醉"。

（6）几时重：何时再度相会。

（7）自是：自然是，必然是。

The Spring's Color Fades: To the Tune of *Joy at Meeting*

The spring's color fades from forest flowers,

Just in a wink.

How can they bear the old morning showers and evening wind?

Those rouged tears,

And drunk hours,

When will again be ours?

As water flows eastward, so full of pains my life appears.

96. 浪淘沙·帘外雨潺潺

帘外雨潺潺，春意阑珊。

罗衾不耐五更寒。

梦里不知身是客，一晌贪欢。

独自莫凭栏，无限江山。

别时容易见时难。

流水落花春去也，天上人间。

◎ 注释

（1）浪淘沙：原为唐教坊曲，又名"浪淘沙令""卖花声"等。唐人多用七言绝句入曲，南唐李煜始演为长短句。双调，五十四字（宋人有稍作增减者），平韵，此调又由柳永、周邦彦演为长调《浪淘沙漫》，是别格。

（2）潺潺：形容雨声。

（3）阑珊：衰残，一作"将阑"。

（4）罗衾（qīn）：绸被子。

（5）不耐：受不了，一作"不暖"。

（6）身是客：指被拘汴京，形同囚徒。

（7）一晌（shǎng）：一会儿，片刻，一作"饷（xiǎng）"。

（8）贪欢：指贪恋梦境中的欢乐。

（9）莫：通"暮"。

（10）凭栏：靠着栏杆。

（11）江山：指南唐河山。

Outside the Curtain: To the Tune of *Waves Wash Sand*

Outside the curtain patters the rain,
And spring is on the wane.

My satin quilt fails to withdraw the pre-dawn chill.

In dreams I forget I'm a captive still,

And in a brief joy I remain.

At dusk, I lean by rails on my own.

My land with a size unknown

Is easy to lose but hard to regain.

As water flows, flowers fall and spring has gone,

From heaven to earth I'm downthrown.

（宋）柳永

柳永（约984—约1053），原名三变，字景庄，后改名柳永，字耆卿，因排行第七，又称柳七，福建崇安人，北宋著名词人，婉约派代表人物。宋仁宗朝进士，官至屯田员外郎，故世称柳屯田。他自称"奉旨填词柳三变"，以毕生精力作词，并以"白衣卿相"自诩。柳永是第一位对宋词进行全面革新的词人，也是两宋词坛上创用词调最多的词人。柳永大力创作慢词，将敷陈其事的赋法移植于词，同时充分运用俗语，以适俗的意象、淋漓尽致的铺叙、平淡无华的白描等独特的艺术个性，对宋词的发展产生了深远影响。

97. 蝶恋花·伫倚危楼风细细

伫倚危楼风细细，

望极春愁，黯黯生天际。

草色烟光残照里，

无言谁会凭阑意？

拟把疏狂图一醉，

对酒当歌，强乐还无味。

衣带渐宽终不悔，

为伊消得人憔悴。

◎　注释

（1）蝶恋花：又名"凤栖梧""鹊踏枝"等。唐教坊曲，后用为词牌。分上下两阕，共六十个字，上下片各四仄韵。一般用来填写多愁善感和缠绵悱恻的内容。

（2）伫倚危楼：长时间依靠在高楼的栏杆上。伫：久立；危楼：高楼。

（3）望极：极目远望。

（4）黯黯：迷蒙不明，形容心情沮丧忧愁。生天际：从遥远无边的天际升起。

（5）烟光：飘忽缭绕的云霭雾气。

（6）会：理解。阑：同"栏"。

（7）拟把：打算。疏狂：狂放不羁。

（8）强（qiǎng）乐：勉强欢笑。强：勉强。

（9）衣带渐宽：指人逐渐消瘦。

（10）消得：值得，能忍受得了。

I Lean Alone by a Tower: To the Tune of *Butterflies Love Flowers*

I lean alone by a tower in breeze soft as tress,

Gazing at spring's endless distress

Arising vaguely from the skyline.

Grass and smoke loom in the setting sunshine.

Who knows why I lean by rails if I'm wordless?

I plan to get myself drunk and have full swing,

And drink while I do sing,

But pleasing by force is just a bore.

My clothes hang loose, but I don't have any rueful sore;

For her, I'm willing to become a haggard being.

98. 雨霖铃·寒蝉凄切

寒蝉凄切，对长亭晚，骤雨初歇。

都门帐饮无绪，留恋处，兰舟催发。

执手相看泪眼，竟无语凝噎。

念去去，千里烟波，

暮霭沈沈楚天阔。

多情自古伤离别，

更那堪冷落清秋节！

今宵酒醒何处？杨柳岸，晓风残月。

此去经年，应是良辰好景虚设。

便纵有千种风情，更与何人说？

◎　注释

(1) 雨霖铃：唐教坊名曲，后用为词牌名，也写作"雨淋铃"，《乐章集》入双调。相传唐
    玄宗入蜀时在雨中听到铃声而想起杨贵妃，故作此曲。曲调自身就具有哀伤的成分。
    一百零三字，前后片各五仄韵，例用入声部韵。前片第二、五句是上一、下三，第八句
    是上一、下四句式，第一字宜用去声。

(2) 凄切：凄凉急促。

(3) 长亭：古代在交通要道边每隔十里修建一座长亭供行人休息，又称"十里长亭"。靠近
    城市的长亭往往是古人送别的地方。

(4) 骤雨：急猛的阵雨。

(5) 都门：指汴京。帐饮：设帐置酒宴送行。无绪：没有情绪。

(6) 兰舟：古代传说鲁班曾刻木兰树为舟（南朝梁任昉《述异记》）。后用作对船的美称。

(7) 凝噎：喉咙哽塞、欲语不出的样子。

(8) 去去：重复言之，表路途之远。

(9) 暮霭沈沈楚天阔：傍晚的云雾笼罩着南天，深厚广阔，不知尽头。暮霭：傍晚的云雾；
    沈沈：即"沉沉"，深厚的样子；楚天：指南方楚地的天空。

(10) 经年：经过一年又一年。

（11）纵：即使。风情：男女相爱之情，深情蜜意。情：一作"流"。

（12）更：一作"待"。

Parting: To the Tune of *Bells Ringing in the Rain*

Chill cicadas mournfully trill;

Late in the pavilion which we face still,

The storm has just come to a cease.

Here at the Capital gate, who has the drinking ease?

Where we are lingering, we're urged to board the boat.

Hand in hand, we gaze in tears at each other;

Tongue-tied, we feel a choke in the throat.

I'm going farther, with a-thousand-mile smoky billows to bother.

In the vast sky of Chu, dark gloaming clouds lowly float.

A sentimental soul always gets hurt in a parting plight,

How can he bear this cold and bleak autumn day?

Where will I awaken from drunkenness tonight?

On the willow dyke, and in the dawn wind and the setting moon's ray.

We'll part for years,

And all happy hours and fair scenes will be an empty view.

Even though I have countless tender cheers,

Whom shall I talk to?

（宋）范仲淹

范仲淹（989—1052），字希文，北宋著名的思想家、政治家、军事家、文学家。他幼年丧父，母亲改嫁长山朱氏，遂更名朱说（yuè）。康定元年（1040），与韩琦共同担任陕西经略安抚招讨副使，采取"屯田久守"方针，巩固西北边防。庆历三年（1043），出任参知政事，提出十项改革措施。庆历五年（1045），新政受挫，范仲淹被贬出京，历任邠州、邓州、杭州、青州知州。皇祐四年（1052），改知颍州，范仲淹扶疾上任，行至徐州，与世长辞，享年六十四岁，谥号文正，世称范文正公。范仲淹政绩卓著，文学成就突出，他倡导的"先天下之忧而忧，后天下之乐而乐"的思想和仁人志士节操，对后世影响深远。

99. 苏幕遮·碧云天

碧云天，黄叶地。

秋色连波，波上寒烟翠。

山映斜阳天接水。

芳草无情，更在斜阳外。

黯乡魂，追旅思。

夜夜除非，好梦留人睡。

明月楼高休独倚。

酒入愁肠，化作相思泪。

◎ 注释

（1）苏幕遮：词牌名。此调为西域传入的唐教坊曲。宋代词家用此调是另度新曲。又名"云雾敛""鬓云松令"。双调，六十二字，上下片各五句。

（2）碧云天，黄叶地：大意是蓝天白云映衬下的金秋大地，一片金黄。黄叶：落叶。

（3）秋色连波：秋色仿佛与波涛连在一起。

（4）波上寒烟翠：远远望去，水波映着的蓝天翠云青烟。

（5）山映斜阳天接水：夕阳的余晖映射在山上，仿佛与远处的水天相接。

（6）芳草无情，更在斜阳外：草地延伸到天涯，所到之处比斜阳更遥远。

（7）黯乡魂：因怀念故乡而悲伤。黯：黯然，形容心情忧郁、悲伤。

（8）追旅思：撇不开羁旅的愁思。追：紧随，可引申为纠缠；旅思：旅途中的愁苦。

（9）夜夜除非，好梦留人睡：每天夜里，只有做返回故乡的好梦才得以安睡。

Dark Blue Sky: To the Tune of *Sumuzhe*

Clouds shroud the sky, dark blue;

Yellow leaves coat the ground.

E'en waves are dyed in autumn hue,

On which cold smoke rises around.

Slanting sun shine o'er hills; water and sky blend into one.

Heartless green grass

Is seen beyond the slanting sun.

A gloomy homesickness

Goes with my woeful trip.

Night after night unless

There're sweet dreams, can I have a sleep.

Don't lean alone on tall towers when the bright moon appears.

Wine in sad bowels

Turns to nostalgic tears.

100. 渔家傲·塞下秋来风景异

塞下秋来风景异，

衡阳雁去无留意。

四面边声连角起，

千嶂里，长烟落日孤城闭。

浊酒一杯家万里，

燕然未勒归无计。

羌管悠悠霜满地，

人不寐，将军白发征夫泪。

◎　注释

（1）渔家傲：词牌名，双调，六十二字，仄韵，上下片各四个七字句，一个三字句，每句用韵，声律谐婉。

（2）塞下：边界要塞之地，这里指西北边疆。风景异：指景物与江南一带不同。

（3）衡阳雁去："雁去衡阳"的倒语，指大雁离开这里飞往衡阳。相传北雁南飞，到湖南的衡阳为止。

（4）边声：指各种带有边境特色的声响，如大风、号角、羌笛、马啸的声音。

（5）角：古代军中的一种乐器。

（6）千嶂：像屏障一般的群山。长烟：荒漠上的烟。

（7）燕然未勒：指边患未平、功业未成。燕然：山名，即今蒙古境内之杭爱山；勒：刻石记功。据《后汉书·窦宪传》记载，汉和帝永元元年（89），东汉窦宪追击北匈奴，出塞 3 000 余里，至燕然山刻石记功而还。

（8）羌（qiāng）管：羌笛。出自古代西部羌族的一种乐器。

（9）悠悠：形容声音飘忽不定。

（10）寐：睡，不寐就是睡不着。

The Border Fortress: To the Tune of *Fishers' Pride*

The border fortress shows an alien autumn scene;

Wild geese fly to Hengyang with no hint of stay.

As bugles call, the border resounds in horses' neigh.

A thousand mountains form a screen;

A lone town's shut in the setting sun and smoky ray.

A cup of rustic wine reminds me of my distant home;

Since peace hasn't fallen here, going back is no way.

The sad Qiang pipes hover over the frosted place.

Sleepless we all become;

Solders shed tears and generals' hair is dyed in gray.

（宋）张先

张先（990—1078），字子野，乌程（今浙江湖州吴兴）人。北宋时期著名的词人，曾任安陆县的知县，因此人称"张安陆"。天圣八年进士，官至尚书都官郎中。晚年退居湖杭之间。曾与梅尧臣、欧阳修、苏轼等游。善作慢词，与柳永齐名，造语工巧，曾因三处善用"影"字，世称张三影。其词意蕴恬淡，意象繁富，内在凝练，于两宋婉约词史上影响巨大，他是使词由小令转向慢词的过渡过程中的一个不能忽视的功臣。

101. 千秋岁·数声鶗鴂

数声鶗鴂，又报芳菲歇。

惜春更把残红折。

雨轻风色暴，梅子青时节。

永丰柳，无人尽日花飞雪。

莫把幺弦拨，怨极弦能说。

天不老，情难绝。

心似双丝网，中有千千结。

夜过也，东窗未白凝残月。

◎ **注释**

（1）千秋岁：词牌名。教坊大曲有《千秋乐》调。据郭茂倩《乐府诗集》此曲题解，是唐玄宗生日，大宴群臣，百官上表请定此日为千秋节，可能由此产生《千秋乐》调。

（2）鶗鴂（tí jué）：即子规、杜鹃。《离骚》："恐鶗鴂之未先鸣兮，使夫百草为之不劳。"芳菲：花草，亦指春时光景。

（3）永丰柳：唐时洛阳永丰坊西南角荒园中有垂柳一株被冷落，白居易赋《杨柳枝词》："永丰东角荒园里，尽日无人属阿谁。"以喻家妓小蛮。后传入乐府，因以"永丰柳"泛指园柳，喻孤寂无靠的女子。

（4）花飞雪：指柳絮。

（5）把：持，握。幺弦：琵琶的第四弦，各弦中最细，故称，亦泛指短弦、小弦。

（6）凝残月：一作"孤灯灭"。

The Cuckoos' Cries: To the Tune of *Millennium Melody*

The cuckoos' cries portend

Once more the flowery spring comes to end.

Those who cherish spring would pluck the leftover pink.

Tender as the rain is, cruel is the wind

When plums are green.

Yongfeng willows

Snow their catkins all day even when no one comes and goes.

Don't stroke those fine strings;

They can tell the most rueful things.

Heaven will ne'er be old as love is on our side.

My heart is like a double-thread net,

With thousands of knots inside.

The night is over,

The east hasn't dawned yet; the moon is frozen in the west.

102. 一丛花令·伤高怀远几时穷

伤高怀远几时穷？

无物似情浓。

离愁正引千丝乱，

更东陌、飞絮蒙蒙。

嘶骑渐遥，征尘不断，

何处认郎踪！

双鸳池沼水溶溶，

南北小桡通。

梯横画阁黄昏后，

又还是、斜月帘栊。

沉恨细思，不如桃杏，

犹解嫁东风。

◎ **注释**

（1）一丛花令，词牌名，调见《东坡词》。双调七十八字，前后段各七句、四平韵。

（2）伤高：登高的感慨。怀远：对远方征人的思念。穷：尽，这里有了结之意。

（3）引：招致。千丝：指杨柳的长条。

（4）东陌：东边的道路。此指分别处。

（5）嘶骑：嘶叫的马声。征尘：借指战争。

（6）桡：船桨，这里引申为船，一作"桥"。

（7）梯横：是说可搬动的梯子已被横放起来，即撤掉了。

（8）帘栊：亦作"帘笼"，窗帘和窗牖，也泛指门窗的帘子。

（9）解：知道，能。嫁东风：原意是随东风飘去，即吹落，这里用其比喻义"嫁"。李贺《南园十三首》之一："可怜日暮嫣香落，嫁与东风不用媒。"

Grieving for Height and Yearning for Distance:
To the Tune of *A Thicket of Flowers*

When can we cease grieving for height and yearning for distance?

Nothing's like love, so dense.

Our parting woe is making wickers tangled,

On the east road, catkins fly down like drizzles.

Horses neigh near then far, with rising dust behind.

Trace of my swain, where can I find?

The pond danced in rings where lovebirds swam in a pair.

A bridge linked south and north over there.

After dusk, through a ladder we entered a painted room,

Again and still, through curtains shone the slanting moon.

We're worse than peach and apricot, when I brood those days,

They wed East Wind without delays.

（宋）晏殊

晏殊（991—1055），字同叔，抚州临川人。北宋著名文学家、政治家。十四岁以神童入试，赐进士出身，命为秘书省正字，官至右谏议大夫、集贤殿学士、同平章事兼枢密使、礼部刑部尚书、观文殿大学士知永兴军、兵部尚书，1055年病逝于京中，封临淄公，谥号元献，世称晏元献。晏殊以词著于文坛，尤擅小令，风格含蓄婉丽，与其子晏几道，被称为"大晏"和"小晏"；亦工诗善文，原有集，已散佚。存世有《珠玉词》《晏元献遗文》《类要》残本。

103. 浣溪沙·一曲新词酒一杯

一曲新词酒一杯，
去年天气旧亭台。
夕阳西下几时回？

无可奈何花落去，
似曾相识燕归来。
小园香径独徘徊。

◎　注释

（1）浣溪沙：唐玄宗时教坊曲名，后用为词调。沙：一作"纱"。

（2）一曲新词酒一杯：此句化用白居易《长安道》诗意："花枝缺入青楼开，艳歌一曲酒一杯。"一曲：一首，因为词是配合音乐唱的，故称"曲"；新词：刚填好的词，意指新歌；酒一杯：一杯酒。

（3）去年天气旧亭台：是说天气、亭台都和去年一样。此句化用五代郑谷《和知己秋日伤怀》
诗："流水歌声共不回，去年天气旧池台。"

（4）夕阳：落日。西下：向西方地平线落下。几时回：什么时候回来。

（5）无可奈何：不得已，没有办法。

（6）似曾相识：好像曾经认识。形容见过的事物再度出现。燕归来：燕子从南方飞回来。
燕归来，春中常景，在有意无意之间。

（7）小园香径：花草芳香的小径，或指落花散香的小径。因落花满径，幽香四溢，故云香径。
香径：带着幽香的园中小径。独：副词，用于谓语前，表示"独自"的意思。徘徊：
来回走。

A Song of New Words: To the Tune of *Silk Washing*

For a song of new words, I drink a cup of wine,

In the last year's pavilion, the same clime is found,

The sun has set; when will it rise again to shine?

Helplessly, I see flowers falling to the ground;

Vaguely, I recognize the swallows' return trace.

On the small garden's petalled path alone I pace.

104. 蝶恋花·槛菊愁烟兰泣露

槛菊愁烟兰泣露。

罗幕轻寒，燕子双飞去。

明月不谙离恨苦，

斜光到晓穿朱户。

昨夜西风凋碧树。

独上高楼，望尽天涯路。

欲寄彩笺兼尺素，

山长水阔知何处。

◎ **注释**

（1）槛（jiàn）：栏杆。

（2）罗幕：丝罗的帷幕，富贵人家所用。

（3）不谙（ān）：不了解，没有经验。谙：熟悉，精通。

（4）朱户：犹言朱门，指大户人家。

（5）凋：衰落。碧树：绿树。

（6）彩笺：彩色的信笺。尺素：书信的代称。古人写信用素绢，通常长约一尺，故称尺素，语出《古诗》："客从远方来，遗我双鲤鱼。呼儿烹鲤鱼，中有尺素书。"

A Parting Song: To the Tune of *Butterflies Love Flowers*

Outside the railings, chrysanthemums grieve in a mist view

And orchids weep with dew.

Silk curtains can't shut off cold air;

Swallows fly off in a pair.

The moon is unaware of parting like a nightmare,

Till dawn, through a red door, it sheds its light askew.

Last night, the west wind made the green trees wither,

I climbed alone the tower hither,

And watched a road that stretch to the sky.

I want to send letters and notes to her thither,

But waters are so wide, and mountains so high,

How do I know whither?

（宋）宋祁

宋祁（998—1061），字子京，小字选郎。祖籍雍丘（今河南省民权县），一说安陆。北宋官员，著名文学家、史学家、词人。诗词语言工丽，因其词中有"红杏枝头春意闹"句，世称"红杏尚书"。曾与欧阳修等合修《新唐书》，《新唐书》大部分为宋祁所作，前后长达十余年。书成，进工部尚书，拜翰林学士承旨。嘉祐六年卒，谥景文。

105. 玉楼春·东城渐觉风光好

东城渐觉风光好，

縠皱波纹迎客棹。

绿杨烟外晓寒轻，

红杏枝头春意闹。

浮生长恨欢娱少，

肯爱千金轻一笑。

为君持酒劝斜阳，

且向花间留晚照。

◎ **注释**

（1）玉楼春：词牌名。唐教坊曲有《木兰花令》，宋人《木兰花》词，皆《玉楼春》体，七
言八句，五十六字。

（2）縠（hú）皱波纹：形容波纹细如皱纹。縠皱：即皱纱，有皱褶的纱。棹：船桨，此指船。

（3）闹：浓盛。

（4）浮生：指飘浮无定的短暂人生。

（5）肯爱：岂肯吝惜，即不吝惜。一笑：特指美人之笑。

（6）持酒：端起酒杯。

（7）晚照：晚日的余晖。

The Scene in the East Town: To the Tune of *Jade Mansion Spring*

The scene starts to be wonderful in the East Town,

The paddles brings ripples like wrinkles, fine and mild.

Morn coldness is slight beyond green willows in mist.

The spring plays on apricot twigs, cheerful and wild.

There is little amusement in our floating life,

How can we grudge *a thousand golds* for smiling hours?

Let me raise your wine cup and urge the slanting sun

To leave a dusk glow among the thicket of flowers.

（宋）欧阳修

　　欧阳修（1007—1072），字永叔，号醉翁、六一居士，吉州永丰（今江西省吉安市永丰县）人，北宋政治家、文学家。因吉州原属庐陵郡，以"庐陵欧阳修"自居。官至翰林学士、枢密副使、参知政事，谥号文忠，世称欧阳文忠公。累赠太师、楚国公。后人又将其与韩愈、柳宗元和苏轼合称"千古文章四大家"。与韩愈、柳宗元、苏轼、苏洵、苏辙、王安石、曾巩被世人称为"唐宋散文八大家"。他是在宋代文学史上最早开创一代文风的文坛领袖，领导了北宋诗文革新运动，继承并发展了韩愈的古文理论。他的散文创作的高度成就与其正确的古文理论相辅相成，从而开创了一代文风。欧阳修在变革文风的同时，也对诗风词风进行了革新。

106. 蝶恋花·庭院深深深几许

庭院深深深几许，

杨柳堆烟，帘幕无重数。

玉勒雕鞍游冶处，

楼高不见章台路。

雨横风狂三月暮，

门掩黄昏，无计留春住。

泪眼问花花不语，

乱红飞过秋千去。

◎ 注释

（1）几许：多少。许：估计数量之词。

（2）堆烟：形容杨柳浓密。

（3）玉勒：玉制的马衔。雕鞍：精雕的马鞍。游冶处：指歌楼妓院。

（4）章台：汉长安街名。《汉书·张敞传》有"走马章台街"语。唐许尧佐《章台柳传》，记妓女柳氏事。后因以章台为歌妓聚居之地。

（5）雨横：指急雨、骤雨。

（6）乱红：凌乱的落花。

Deep Courtyard: To the Tune of *Butterflies Love Flowers*

Deep, deep is the courtyard; it is really deep,

Where smoke from willows heaps,

And countless layers of curtains it keeps.

Riding wonderful steeds with carved saddles, they seek

Pleasure in Zhangtai Street among towers, hard to peek.

Tis the end of April; rain and wind are raging hard,

At dusk, doors are barred,

But spring still flees from our guard.

My tearful eyes ask flowers, but they are wordless,

Fall bit by bit, and fly o'er the swing in a mess.

107. 玉楼春·尊前拟把归期说

尊前拟把归期说，

未语春容先惨咽。

人生自是有情痴，

此恨不关风与月。

离歌且莫翻新阕，

一曲能教肠寸结。

直须看尽洛城花，

始共春风容易别。

◎　注释

（1）尊前：即樽前，饯行的酒席前。

（2）春容：如春风妩媚的颜容。此指别离的佳人。

（3）离歌：指饯别宴前唱的流行的送别曲。

（4）翻新阕：按旧曲填新词。白居易《杨柳枝》："古歌旧曲君莫听，听取新翻杨柳枝。"阕：
　　乐曲终止。

（5）洛城花：洛阳盛产牡丹，欧阳修有《洛阳牡丹记》。

Let's Decide the Date for Return: To the Tune of *Jade Mansion Spring*

Let's decide the date for return ere toast for leave.

Your tender face's wet in tears before a word's heaved.

We all have love in heart, for which we madly spoon;

Such sad feeling's not related to wind and moon.

Don't even sing the old parting songs in new words.

Or your bowels would tangle in knots since every word hurts.

Just appreciate all peonies in Luoyang with me,

You'll feel easier to say goodbye, in the spring's glee.

（宋）王安石

王安石（1021—1086），字介甫，号半山，谥文，封荆国公，世人又称王荆公，北宋抚州临川（今江西省抚州市临川区）人。著名政治家、思想家、文学家、改革家，唐宋八大家之一。欧阳修称赞王安石："翰林风月三千首，吏部文章二百年。老去自怜心尚在，后来谁与子争先。"传世文集有《王临川集》《临川集拾遗》等。其诗文各体兼擅，词虽不多，但亦擅长，且有名作《桂枝香》等。

108. 梅

墙角数枝梅，

凌寒独自开。

遥知不是雪，

为有暗香来。

◎ **注释**

（1）凌寒：冒着严寒。

（2）遥：远远的。知：知道。

（3）为（wèi）：因为。

（4）暗香：指梅花的幽香。

Plum Blossoms

A few plum trees at the corner of wall

Do bloom alone, fearing not cold at all.

Remotely, I can tell they are not snow,

For their faint fragrance in the air does flow.

109. 泊船瓜洲

京口瓜洲一水间，

钟山只隔数重山。

春风又绿江南岸，

明月何时照我还？

◎　**注释**

（1）泊船：停船。泊：停泊。指停泊靠岸。

（2）瓜洲：镇名，在长江北岸，扬州南郊，即今扬州市南部长江边，京杭运河分支入江处。

（3）京口：古城名。故址在江苏镇江市。

（4）一水：一条河。古人除将黄河特称为"河"，长江特称为"江"之外，大多数情况下称河流为"水"，如汝水、汉水、浙水、湘水、澧水等。这里的"一水"指长江。一水间指一水相隔之间。间：根据平仄来认读 jiàn。

（5）钟山：在江苏省南京市区东。

（6）绿：吹绿、拂绿。

（7）还：回。

Anchoring at Guazhou

Between Jingkou and Guazhou's a river, no more;

And Zhongshan is only a few mountains away.

The spring wind does once more green the South River shore;

When will the bright moon shine on my returning day?

（宋）苏轼

苏轼（1037—1101），字子瞻，又字和仲，号东坡居士，世称苏仙，北宋眉州眉山（今属四川省眉山市）人。宋仁宗嘉祐（1056—1063）年间进士。北宋著名散文家、书画家、词人、诗人，是豪放词派的代表。和父亲苏洵、弟弟苏辙合称为唐宋八大家中的三苏。唐宋八大家之一。其诗题材广阔，清新豪健，善用夸张比喻，独具风格，与黄庭坚并称"苏黄"。词开豪放一派，与辛弃疾同是豪放派代表，并称"苏辛"。又工书画。有《东坡七集》《东坡乐府》等。

110. 题西林壁

横看成岭侧成峰，

远近高低各不同。

不识庐山真面目，

只缘身在此山中。

◎　**注释**

（1）题西林壁：写在西林寺的墙壁上。西林寺在庐山西麓。题：书写，题写；西林：西林寺，在江西庐山。

（2）横看：从正面看。庐山总是南北走向，横看就是从东面西面看。侧：侧面。

（3）各不同：各不相同。

（4）不识：不能认识，辨别。

（5）真面目：指庐山真实的景色、形状。

（6）缘：因为、由于。

（7）此山：这座山，指庐山。

Poem Written on the Wall of Xilin Temple

From side view, it's a peak; from crossing view, a range;

From different angles, its length and height may change.

The real face of Lushan I have no way to find,

'Cause in the middle of the mountain I'm confined.

111. 水调歌头·丙辰中秋

丙辰中秋，欢饮达旦，大醉，作此篇，兼怀子由。

明月几时有？把酒问青天。

不知天上宫阙，今夕是何年。

我欲乘风归去，又恐琼楼玉宇，

高处不胜寒。

起舞弄清影，何似在人间？

转朱阁，低绮户，照无眠。

不应有恨，何事长向别时圆？

人有悲欢离合，月有阴晴圆缺，

此事古难全。

但愿人长久，千里共婵娟。

◎ **注释**

（1）水调歌头：词牌名，又名"元会曲""凯歌""台城游""水调歌"，双调九十五字，

上片九句四平韵、下片十句四平韵。唐朝大曲有"水调歌"，据《隋唐嘉话》，为隋炀

帝凿汴河时所作。

（2）丙辰：指1076年（宋神宗熙宁九年）。

（3）达旦：至早晨，到清晨。

（4）子由：苏轼的弟弟苏辙的字。

（5）把酒：端起酒杯。把：执、持。

（6）天上宫阙（què）：指月中宫殿。阙：古代城墙后的石台。戴叔伦《二灵寺守岁》："不知今夕是何年。"又《容斋随笔》卷十五"注书难"条引"共道人间惆怅事，不知今夕是何年"之句。按此两句见于唐人小说，假托牛僧孺作的《周秦行纪》。

（7）归去：回到天上去。

（8）琼（qióng）楼玉宇：美玉砌成的楼宇，指想象中的仙宫。

（9）不胜（shèng）：经受不住。胜（旧读shēng）：承担、承受。

（10）弄清影：意思是月光下的身影也跟着做出各种舞姿。弄：赏玩。

（11）何似：哪里比得上。

（12）转朱阁，低绮（qǐ）户，照无眠：月儿转过朱红色的楼阁，低低地挂在雕花的窗户上，照着没有睡意的人（指人自己）。朱阁：朱红的华丽楼阁；绮户：雕饰华丽的门窗。

（13）不应有恨，何事长（cháng）向别时圆：（月儿）不该（对人们）有什么怨恨吧，为什么偏在人们分离时圆呢？何事：为什么；不应有恨：指月而言，言月不知有人世的愁恨，它自己忽圆忽缺也就是了，为什么偏在离别时团圆呢？《司马温公诗话》："李长吉歌，'天若有情天亦老'，人以为奇绝无对。曼卿对'月如无恨月长圆'，人以为劲敌。"按石延年ú曼卿û行辈甚先，东坡可能借用石句，而变化出之。

（14）此事：指人的"欢""合"和月的"晴""圆"。

（15）但：只。

（16）千里共婵（chán）娟（juān）：虽然相隔千里，也能一起欣赏这美好的月光。共：一起欣赏；婵娟：指月亮。"婵娟"，美好貌，亦作美人解，这里盖指嫦娥。谢庄《月赋》："隔千里兮共明月。"许浑《怀江南同志》："唯应洞庭月，万里共婵娟。"又《秋霁寄远》："唯应待明月，千里与君同。"陆畅《新晴爱月》："野性平生惟爱月，新晴半夜睹婵娟。"宋时盖有这样的俗说：逢八月中秋节，各地阴晴均同。东坡似亦信之。其《中秋月诗》三首之三："尝闻此宵月，万里同阴晴。"自注引他友人文生转述海贾的话："虽相去万里，他日会合相问，阴晴无不同者。"以现在看来，这也不过文人说说罢了。

Mid–autumn Festival: To the Tune of *Prelude to Water Melody*

On the Mid–autumn Festival of 1076, I kept drinking with great joy till dawn and became drunk. I composed this poem, yearning for my younger brother Ziyou.

When does the full bright moon appear?

I raise my wine and ask the sky.

Tonight, I wonder, which year

It is in the Celestial Palace high.

I want go back home by riding the air,

But I'm afraid these jade towers crystalline

Would be too high, colder than I can bear.

I rise and dance with the shadow of mine;

Is it like our mortal world high up there?

Turning round the attics red,

Lowly through the latticed window,

The moon shines on the sleepless bed.

She shouldn't have any indignation.

Why is she oft so full in our separation?

Men part and meet; they may be sad and gay;

The moon does wax and wane, being dim and bright.

Nothing's been perfect since the olden day.

I wish we could live long, and share her light

Even when we're a thousand miles away.

112. 念奴娇·赤壁怀古

大江东去，浪淘尽，千古风流人物。

故垒西边，人道是，三国周郎赤壁。

乱石穿空，惊涛拍岸，卷起千堆雪。

江山如画，一时多少豪杰。

遥想公瑾当年，小乔初嫁了，雄姿英发。

羽扇纶巾，谈笑间，樯橹灰飞烟灭。

故国神游，多情应笑我，早生华发。

人生如梦，一尊还酹江月。

◎　**注释**

（1）念奴娇：词牌名。又名"百字令""酹江月"等。赤壁：此指黄州赤壁，一名"赤鼻矶"，在今湖北黄冈西。而三国古战场的赤壁，文化界认为在今湖北赤壁市西北。

（2）大江：指长江。

（3）淘：冲洗，冲刷。

（4）风流人物：指杰出的历史名人。

（5）故垒：过去遗留下来的营垒。

（6）周郎：指三国时吴国名将周瑜，字公瑾，少年得志，二十四为中郎将，掌管东吴重兵，吴中皆呼为"周郎"。下文中的"公瑾"，亦指周瑜。

（7）雪：比喻浪花。

（8）遥想：形容想得很远，回忆。

（9）小乔初嫁了（liǎo）：《三国志·吴志·周瑜传》载，周瑜从孙策攻皖，"得桥公两女，皆国色也。策自纳大桥，瑜纳小桥"。乔：本作"桥"。其时距赤壁之战已经十年，此处言"初嫁"，是言其少年得意，倜傥风流。

（10）雄姿英发（fā）：谓周瑜体貌不凡，言谈卓绝。英发：谈吐不凡，见识卓越。

（11）羽扇纶（guān）巾：古代儒将的便装打扮。羽扇：羽毛制成的扇子；纶巾：青丝制成的头巾。

（12）樯橹（qiáng lǔ）：这里代指曹操的水军战船。"樯橹"一作"强虏"，又作"樯虏"，又作"狂虏"。《宋集珍本丛刊》之《东坡乐府》，元延祐刻本，作"强虏"。延祐本原藏杨氏海源阁，历经季振宜、顾广圻、黄丕烈等名家收藏，卷首有黄丕烈题词，述其源流甚详，实今传各版之祖。樯：挂帆的桅杆。橹：一种摇船的桨。

（13）故国神游："神游故国"的倒文。故国：这里指旧地，当年的赤壁战场；神游：于想象、梦境中游历。

（14）"多情"两句："应笑我多情，早生华发"的倒文。华发（fà）：花白的头发。

（15）一尊还（huán）酹（lèi）江月：古人祭奠以酒浇在地上祭奠。这里指洒酒酬月，寄托自己的感情。尊：通"樽"，酒杯。

Memory of the Past at Red Cliff: To the Tune of *Niannujiao*

The Great River eastward flows,

Its waves having washed away,

For a thousand years, all brilliant heroes.

Some people say,

To the west of the old fortress

Is Zhou Yu's Red Cliff of the Three Kingdoms' day.

Here rocks soar into the air, shapeless;

Huge waves crash the shore, and

Roll up a thousand heaps of snow.

What a picturesque land;
For a time, countless heroes have made their show.

My thought drifts to those years when Zhou

Newly wed Younger Qiao, the fair,

His vigor and valor aglow.

Feather fan in hand, silk ribbons tying his hair,

On his casual talk,

He smashed his enemy's ships to chalk.

I visit the old battlefield today,

And get so sentimental; you'd laugh at me

Why my early age's yielded hair gray.

Ah, life is like a dream;

Let me raise a cup to the moon over the stream.

113. 江城子·十年生死两茫茫

乙卯正月二十日夜记梦

十年生死两茫茫，

不思量，自难忘。

千里孤坟，无处话凄凉。

纵使相逢应不识，

尘满面，鬓如霜。

夜来幽梦忽还乡，

小轩窗，正梳妆。

相顾无言，惟有泪千行。

料得年年肠断处，

明月夜，短松冈。

◎ 注释

(1) 江城子：词牌名，又名"江神子""村意远"。唐词单调，始见《花间集》韦庄词。宋
人改为双调，七十字，上下片都是七句五平韵。

(2) 乙卯：1075 年，即北宋熙宁八年。

(3) 十年：指结发妻子王弗去世已十年。

(4) 思量：想念。"量"按格律应念平声 liáng。

(5) 千里：王弗葬地四川眉山与苏轼任所山东密州，相隔遥远，故称"千里"。孤坟：孟启《本

事诗·微异第五》载张姓妻孔氏赠夫诗："欲知肠断处，明月照孤坟。"其妻王氏之墓。

（6）"尘满面"两句：形容年老憔悴。

（7）幽梦：梦境隐约，故云幽梦。

（8）小轩窗：指小室的窗前。轩：门窗。

（9）顾：看。

（10）明月夜，短松冈：苏轼葬妻之地。短松：矮松。

Ten Years' Parting: To the Tune of *Riverside Town*

—A record of a dream on the night of the 20th day of the 1st Moon in 1075

In ten years of life and death, we've both been in gloom.

I've tried not to recollect,

But it's so hard to forget.

A thousand of miles off lies your lone tomb;

Where is my grievous outlet?

Even if we could meet, would I be recognized;

My face is full of dust,

And my hair frost-dyed.

Last night, my faint dream suddenly sent me home;

By the tiny window you stood,

Dressing up with a comb.

We faced each other like speechless wood,

A thousand lines of tears in flight.

Year after year, I visualize that heart-breaking mound,

In the bright moonlight,

On that short pine ground.

114. 卜算子·黄州定慧院寓居作

缺月挂疏桐，

漏断人初静。

谁见幽人独往来，

缥缈孤鸿影。

惊起却回头，

有恨无人省。

拣尽寒枝不肯栖，

寂寞沙洲冷。

◎ **注释**

（1）卜算子：卜词牌名，又名"百尺楼""眉峰碧""楚天遥"等。相传是借用唐代诗人骆宾王的绰号。骆宾王写诗好用数字取名，人称"卜算子"。北宋时盛行此曲。

（2）漏断：即指深夜。漏：指古人计时用的漏壶，即指深夜。

（3）幽：《易·履卦》："幽人贞吉"，其义为幽囚，引申为幽静、优雅。

（4）省：理解。

Written at My Residence of Dinghui Yard in Huangzhou: To the Tune of *Busuanzi*

The waning moon hangs on sparse parasol trees;

The water clock is calmed; so is the man.

A recluse comes and goes alone, but who sees?

Like a dim shadow of a lone swan.

Startled, he turns back his head,

He has woes, but no one knows.

He jumps on many a cold branch, unwilling to nest,

Cold and lonely the shoal goes.

115. 蝶恋花·春景

花褪残红青杏小。

燕子飞时，绿水人家绕。

枝上柳绵吹又少，

天涯何处无芳草。

墙里秋千墙外道。

墙外行人，墙里佳人笑。

笑渐不闻声渐悄，

多情却被无情恼。

◎ **注释**

（1）褪：脱去，

（2）柳绵：即柳絮。韩偓《寒食日重游李氏园亭有怀》诗："往年同在莺桥上，见依朱阑咏柳绵。"

（3）"何处无芳草"句：谓春光已晚，芳草长遍天涯。

（4）"墙里秋千"五句：张相《诗词曲语辞汇释》卷五："言墙里佳人之笑，本出于无心情，而墙外行人闻之，枉自多情，却如被其撩拨也。"多情：这里代指墙外的行人。却被：反被。无情：这里代指墙内的佳人。

Spring Scene: To the Tune of *Butterflies Love Flowers*

Remnant flowers fade; small apricots abound;

Swallows fly in row,

Around houses green waters flow.

Few catkins stay on twigs as they're blown to ground.

There are not places where no fragrant grass's found.

Outside the wall there's a path, and inside it a swing.

A man on stroll

Hears a maid's laughter inside the wall.

The laughter deadens out with no further sound to bring;

A warm heart is always disheartened by a cold being.

116. 定风波·三月七日

三月七日，沙湖道中遇雨。雨具先去，同行皆狼狈，余独不觉，已而遂晴，故作此词。

莫听穿林打叶声，

何妨吟啸且徐行。

竹杖芒鞋轻胜马，谁怕？

一蓑烟雨任平生。

料峭春风吹酒醒，微冷，

山头斜照却相迎。

回首向来萧瑟处，归去，

也无风雨也无晴。

◎ 注释

（1）定风波：唐教坊曲名，后用作词牌，为双调小令。一作"定风波令"，又名"卷春空""醉琼枝"。

（2）沙湖：在今湖北黄冈东南三十里，又名螺丝店。

（3）狼狈：进退皆难的困顿窘迫之状。

（4）已而：过了一会儿。

（5）穿林打叶声：指大雨点透过树林打在树叶上的声音。

（6）吟啸：放声吟咏。

（7）芒鞋：草鞋。

（8）一蓑烟雨任平生：披着蓑衣在风雨里过一辈子也处之泰然。一蓑（suō）：蓑衣，用棕制成的雨披。

（9）料峭：微寒的样子。

（10）斜照：偏西的阳光。

（11）向来：方才。萧瑟：风雨吹打树叶声。

（12）也无风雨也无晴：意谓既不怕雨，也不喜晴。

Written on the 7th Day of the 3rd Moon: To the Tune of *Calm the Waves*

On the 7th day of the 3rd moon, we were caught by heavy rain on the way to the Sand Lake. Those who had brought raincoats went home first, and the rest of us felt frustrated, but I didn't. Later the sun came out again. So I composed this poem.

Listen not to the rain pattering leaves of trees.

Why don't you chant a poem and walk slowly at ease?

Bamboo canes and grass sandals are better than steeds.

Who is in fears?

With straw cloaks for mist and rain, I lead a life in cheers.

The spring wind has blown me sober from wine

With a bit chill.

I'm met by the slanting sun hanging o'er the hill.

Turning around, I see again the dreary lane.

I go back still,

Not caring whether it is sunshine, wind or rain.

（宋）晏几道

晏几道（1038—1110），北宋著名词人，字叔原，号小山，汉族，抚州临川文港沙河（今属江西省南昌市进贤县）人，晏殊第七子。历任颍昌府许田镇监、乾宁军通判、开封府判官等。性孤傲，中年家境中落。与其父晏殊合称"二晏"。词风似父而造诣过之。工于言情，其小令语言清丽，感情深挚，尤负盛名。表达情感直率。多写爱情生活，是婉约派的重要作家。有《小山词》留世。

117. 临江仙·梦后楼台高锁

梦后楼台高锁，酒醒帘幕低垂。
去年春恨却来时。
落花人独立，微雨燕双飞。

记得小苹初见，两重心字罗衣。
琵琶弦上说相思。
当时明月在，曾照彩云归。

◎ **注释**

（1）临江仙：双调小令，唐教坊曲名，后用为词牌。《乐章集》入"仙吕调"，《张子野词》入"高平调"。五十八字，上下片各三平韵。约有三格，第三格增二字。柳永演为慢曲，九十三字，前片五平韵，后片六平韵。

（2）却来：又来，再来。

（3）小苹：歌女名。

（4）心字罗衣：衣领屈曲如心字。

（5）彩云：比喻美人。

Awake from Dreams: To the Tune of *Riverside Daffodils*

Awake from dreams, I find the tower locked high;

Sober from wine, I see the curtains rolled low.

I seem to experience again last year's spring woe.

I stand alone where flowers fall by.

In the drizzle, a pair of swallows fly.

I remember when I first saw Little Ping

In a silk dress with a double-heart pattern.

She told her lovesickness through a pipa string.

Last year's moon that shines brightly here

Has shone the colored cloud's return.

118. 鹧鸪天·彩袖殷勤捧玉钟

彩袖殷勤捧玉钟，

当年拚却醉颜红。

舞低杨柳楼心月，

歌尽桃花扇底风。

从别后，忆相逢，

几回魂梦与君同。

今宵剩把银釭照，

犹恐相逢是梦中。

◎ 注释

（1）鹧鸪天：词牌名，一名"思佳客"，一名"于中好"。双调五十五字，押平声韵。此词黄升《花庵词选》题作《佳会》。内容写相熟的歌子久别重逢。

（2）彩袖：代指穿彩衣的歌女。玉钟：珍贵的酒杯。

（3）拚（pàn）却：甘愿，不顾惜。却：语气助词。

（4）舞低杨柳楼心月：歌女舞姿曼妙，直舞到挂在杨柳树梢照到楼心的一轮明月低沉下去；歌女清歌婉转，直唱到扇底儿风消歇（累了停下来），极言歌舞时间之久。桃花扇：歌舞时用作道具的扇子，绘有桃花。歌扇风尽，形容不停地挥舞歌扇。

（5）同：聚在一起。

（6）"今宵"两句：从杜甫《羌村》"夜阑更秉烛，相对如梦寐"化出。剩：读"锦"，只管。剩把：尽把，尽把。钆（gāng）：灯。

Reunion: To the Tune of *Partridge Sky*

In colored sleeves, you handed me jade cups in grace,

I drank, not fearing of being drunk with a red face.

You danced till in willows and towers the moon did sink,

And sang till your peach fan was too tired to wave wind.

Since our parting, I have recollected our meets,

Several times in my dreams, you stayed with me in glees.

Tonight, I light the silver lamp bright, time and again,

For I'm afraid tis meeting in dreams that we remain.

（宋）李之仪

李之仪（1048—1117），字端叔，自号姑溪居士、姑溪老农，沧州无棣（今山东省庆云县）人。宋哲宗元祐初为枢密院编修官，通判原州。元祐末从苏轼于定州幕府，朝夕倡酬。后因得罪权贵蔡京，除名编管太平州（今安徽当涂），后遇赦复官。著有《姑溪词》一卷、《姑溪居士前集》五十卷和《姑溪题跋》二卷。其词多次韵，小令更长于淡语、景语、情语。

119. 卜算子·我住长江头

我住长江头，
君住长江尾。
日日思君不见君，
共饮长江水。

此水几时休，
此恨何时已。
只愿君心似我心，
定不负相思意。

◎ **注释**

（1）思：想念，思念。

（2）休：停止。

（3）已：完结，停止

（4）定：此处为衬字。在词规定的字数外适当地增添一二不太关键的字词，以更好地表情达意，谓之衬字，亦称"添声"。

I Live near the Long River's Source: To the Tune of *Busuanzi*

I live near the long river's source,

And you near the end of its course.

I haven't seen you though I long for you every day,

While we drink from the same waterway.

When will this river cease to run?

When will my pain come to none?

I only wish our hearts would be one, not two;

You wouldn't fail my love for you.

（宋）秦观

秦观（1049—1100），字太虚，又字少游，别号邗沟居士，世称淮海先生。北宋高邮（今江苏）人，官至太学博士，国史馆编修。他与黄庭坚、晁补之、张耒号称为"苏门四学士"，颇得苏轼赏识。秦观生性豪爽，洒脱不拘，溢于文词。所写诗词，高古沉重，寄托身世，感人至深。北宋文学家、词人，被尊为婉约派一代词宗。宋神宗元丰八年（1085）进士。

120. 鹊桥仙·纤云弄巧

纤云弄巧，飞星传恨，

银汉迢迢暗度。

金风玉露一相逢，

便胜却人间无数。

柔情似水，佳期如梦，

忍顾鹊桥归路。

两情若是久长时，

又岂在朝朝暮暮。

◎ **注释**

（1）鹊桥仙：词牌名，又名"鹊桥仙令""金风玉露相逢曲""广寒秋"等，双调五十六字，前后阕各两仄韵,一韵到底。前后阕首两句要求对仗。

(2)纤云:轻盈的云彩。弄巧:指云彩在空中幻化成各种巧妙的花样。

(3)飞星:流星。一说指牵牛、织女二星。

(4)银汉:银河。迢迢:遥远的样子。暗度:悄悄渡过。

(5)金风玉露:指秋风白露。李商隐《辛未七夕》:"由来碧落银河畔,可要金风玉露时。"

(6)忍顾:怎忍回视。

(7)朝朝暮暮:指朝夕相聚。语出宋玉《高唐赋》。

Fiber–like Cloud: To the Tune of *The Immortal Magpies' Bridge*

Fiber-like cloud displays her art;

Flying stars pass their yearning rue.

They steal across the Milky Way far apart,

And meet in the gold wind and jade-like dew,

Surpassing all lovers on the mortal part.

Their tender love is like water clear,

This happy date seems to be a dream.

Parting, they look at the way back in tear.

If love between two sides last forever, they deem,

Why need they stay together day and night, so dear?

121. 江城子·西城杨柳弄春柔

西城杨柳弄春柔。

动离忧,泪难收。

犹记多情,曾为系归舟。

碧野朱桥当日事,

人不见,水空流。

韶华不为少年留。

恨悠悠，几时休。

飞絮落花时候，一登楼。

便做春江都是泪，

流不尽，许多愁。

◎　注释

....

（1）弄春：在春日弄姿。

（2）离忧：离别的忧思，离人的忧伤。

（3）多情：指钟情的人。

（4）归舟：返航的船。

（5）飞絮：飘飞的柳絮。

（6）春江：春天的江。

The Willow of West Town: To the Tune of *Riverside Town*

The willows of West Town sway gently in spring sheen,

Arouse our parting pain,

And makes tears hard to detain.

I still remember in a sentimental scene,

You tied my return boat.

The Green field and red bridge are kept in my mind fain.

Now you're not seen,

And water flows in vain.

The best years will not for young men's sake stall;

This is a lasting rue,

And when will be its due?

When catkins fly and flowers fall,

I climb towers alone.

Even if the spring river were all but tears,

It could not flow away

So many woes and fears.

（宋）李清照

李清照（1084—1155），号易安居士，山东省济南章丘人。宋代女词人，婉约词派代表，有"千古第一才女"之称。被誉为"词国皇后"，曾"词压江南，文盖塞北"。所作词，前期多写其悠闲生活，后期多悲叹身世，情调感伤。形式上善用白描手法，自辟途径，语言清丽。论词强调协律，崇尚典雅，提出词"别是一家"之说，反对以作诗文之法作词。能诗，留存不多，部分篇章感时咏史，情辞慷慨，与其词风不同。

122. 武陵春·春晚

风住尘香花已尽，

日晚倦梳头。

物是人非事事休，

欲语泪先流。

闻说双溪春尚好，

也拟泛轻舟。

只恐双溪舴艋舟，

载不动许多愁。

◎ **注释**

（1）武陵春：词牌名，双调小令。又名"**武林春**""**花想容**"。《填词名解》云：取唐人方干《睡州吕郎中郡中环溪亭》诗"为是仙才登望处，风光便似武陵春"。其名源出东晋陶潜《桃花源记》中"晋太元中，武陵人捕鱼为业"语，故名。

（2）尘香：落花触地，尘土也沾染上落花的香气。花已尽：一作"春已尽"。

（3）日晚：一作"日落"。

（4）物是人非：事物依旧在，人不似往昔了。

（5）泪先：一作"泪珠"。

（6）闻说：一作"闻道"。春尚好：一作"春向好"。双溪：水名，在浙江金华，是唐宋时有名的风光佳丽的游览胜地。有东港、南港两水汇于金华城南，故曰"双溪"。

（7）拟：准备、打算。

（8）舴艋：小舟，小船，两头尖如蚱蜢。

Late Spring: To the Tune of *Wuling Spring*

The wind's stopped, and the earth's fragrant with fallen flowers;

Tired, I won't comb my hair in the dusk hours.

Things remain, but he's not here, and all is o'er;

Just as I want to speak, my tears pour.

I hear the spring in Twin Stream is still shiny,

I'm intended to float in a boat light.

I fear the boat in Twin Stream is too tiny

To move a freight of so much plight.

123. 醉花阴·薄雾浓云愁永昼

薄雾浓云愁永昼，

瑞脑销金兽。

佳节又重阳，

玉枕纱厨，半夜凉初透。

东篱把酒黄昏后，

有暗香盈袖。

莫道不消魂，

帘卷西风，人比黄花瘦。

◎ 注释

（1）醉花阴：词牌名。初见于毛滂《东堂词》，词中有"人在翠阴中，欲觅残春，春在屏风曲。劝君对客杯须覆"，词牌取义于此。又名《九日》，双调小令，仄韵格，五十二字。

（2）永昼：漫长的白天。

（3）瑞脑：一种薰香名，又称龙脑，即冰片。消：一本作"销"。金兽：兽形的铜香炉。

（4）重阳：农历九月九日为重阳节。

（5）纱厨：即防蚊蝇的纱帐。

（6）东篱：泛指采菊之地。陶渊明《饮酒诗》："采菊东篱下，悠悠见南山。"为古今艳称之名句，故"东篱"亦成为诗人惯用之咏菊典故。

（7）暗香：这里指菊花的幽香。

（8）消魂：形容极度忧愁、悲伤。消：一作"销"。

（9）西风：秋风。

（10）黄花：指菊花。

Light Fog and Thick Cloud: To the Tune of *Drunk under the Shade of Flowers*

Light fog and thick cloud floating along, I grieve all day long;

From the Golden Beast rises the incense so strong.

It's the Double Ninth Festival once more,

Cold clime falls on my jade pillow

And gauze sheet; at midnight, I'm chilled all o'er.

I drink by the east hedge till after the sun leaves;

Light fragrance fills my sleeves.

Don't say that I'm not in deep glooms;

The west wind rolling up the curtain,

I'm thinner than those yellow blooms.

124. 一剪梅·红藕香残玉簟秋

红藕香残玉簟秋。

轻解罗裳，独上兰舟。

云中谁寄锦书来，

雁字回时，月满西楼。

花自飘零水自流。

一种相思，两处闲愁。

此情无计可消除，

才下眉头，却上心头。

◎ **注释**

（1）一剪梅：词牌名。双调小令，六十字，上、下片各六句，句句平收，叶韵则有上、下片各三平韵、四平韵、五平韵、六平韵数种，声情低抑。

（2）红藕：红色的荷花。玉簟（diàn）秋：意谓时至深秋，精美的竹席已嫌清冷。玉簟：光滑似玉的精美竹席。

（3）裳（cháng）：古人穿的下衣，也泛指衣服。

（4）兰舟：此处为船的雅称。《述异记》卷下谓：木质坚硬而有香味的木兰树是制作舟船的好材料，诗家遂以木兰舟或兰舟为舟之美称。一说"兰舟"特指睡眠的床榻。

（5）锦书：书信的美称。

（6）雁字：群雁飞时常排成"一"字或"人"字，诗文中因以雁字称群飞的大雁。

（7）月满西楼：意思是鸿雁飞回之时，西楼洒满了月光。

（8）一种相思，两处闲愁：意思是彼此都在思念对方，可又不能互相倾诉，只好各在一方独自愁闷着。

（9）才下眉头，却上心头：眉上愁云刚消，心里又愁了起来。

Red Lotuses Fade: To the Tune of *A Twig of Plum Blossom*

The red lotuses fade; autumn comes to my mat of jade.

Unloosing my silk gown,

I board the boat on my own.

Who would send me messages through clouds in flight?

When the wild geese fly back,

The west tower is laden with moonlight.

As water's sure to flow, flowers fade and float.

Lovesickness of one kind

Will make two hearts of pain bind.

How to dispel the love is beyond my art.

Just falling off my eyebrows,

It jumps unto my heart.

125. 如梦令二首

（一）

常记溪亭日暮，

沉醉不知归路。

兴尽晚回舟，

误入藕花深处。

争渡，争渡，惊起一滩鸥鹭。

（二）

昨夜雨疏风骤，

浓睡不消残酒。

试问卷帘人，

却道海棠依旧。

知否，知否？应是绿肥红瘦。

◎　**注释**

（1）如梦令：词牌名。又名"忆仙姿""宴桃源"。五代时后唐庄宗李存勖创作。《清真集》入"中昌调"。三十三字，五仄韵，一叠韵。

（2）常记：时常记起。"难忘"的意思。溪亭：临水的亭台。日暮：黄昏时候。

（3）沉醉：大醉。

（4）兴尽：尽了兴致。晚：比合适的时间靠后，这里意思是天黑路暗了。回舟：乘船而回。

（5）误入：不小心进入。藕花：荷花。

（6）争渡：怎渡，怎么才能划出去。争（zen）：怎样才能。

（7）惊：惊动。起：飞起来。一滩：一群。鸥鹭：这里泛指水鸟。

（8）雨疏风骤：雨点稀疏，晚风急猛。疏：指稀疏。

（9）浓睡不消残酒：虽然睡了一夜，仍有余醉未消。浓睡：酣睡；残酒：尚未消散的醉意。

（10）卷帘人：有学者认为此指侍女。

（11）绿肥红瘦：绿叶繁茂，红花凋零。

Two Poems to the Tune of *Like a Dream*

(I)

That dusk at the stream arbor oft comes to my mind;

I lost my way back due to drinking too much wine.

Having fun enough, we paddled back late,

And strayed deep into lotus flowers.

How to get out?

How to get out?

We startled a shoal of water fowls.

（ II ）

Last night, violent wind was blown with light rain.

Sound as I slept, drunken feeling does remain.

I ask the maid rolling up the curtain.

She says, "The same cherry-apple tree as twas seen."

"O don't you see,

O don't you see,

It should grow into a thinner red and thicker green."

（宋）岳飞

岳飞（1103—1142），字鹏举，宋相州汤阴县（今河南省安阳市汤阴县）人，南宋抗金名将，中国历史上著名军事家、战略家、民族英雄，位列南宋中兴四将之首。他的文学才华是将帅中少有的，他的不朽词作《满江红·怒发冲冠》，是千古传诵的爱国名篇，后人另辑有文集传世。

126. 满江红·怒发冲冠

怒发冲冠，凭栏处、潇潇雨歇。

抬望眼，仰天长啸，壮怀激烈。

三十功名尘与土，

八千里路云和月。

莫等闲、白了少年头，空悲切！

靖康耻，犹未雪。

臣子恨，何时灭！

驾长车，踏破贺兰山缺。

壮志饥餐胡虏肉，

笑谈渴饮匈奴血。

待从头、收拾旧山河，朝天阙。

◎ **注释**

（1）满江红：唐人小说《冥音录》载曲名《上江虹》，后更名《满江红》。宋以来始填此词调。

（2）怒发冲冠：气得头发竖起，以至于将帽子顶起。形容愤怒至极，冠是指帽子而不是头发竖起。

（3）潇潇：形容雨势急骤。

（4）长啸：感情激动时撮口发出清而长的声音，为古人的一种抒情举动。

（5）三十功名尘与土：年已三十，建立了一些功名，不过很微不足道。

（6）八千里路云和月：形容南征北战、路途遥远、披星戴月。

（7）等闲：轻易，随便。

（8）靖康耻：宋钦宗靖康二年（1127），金兵攻陷汴京，掳走徽、钦二帝。

（9）贺兰山：贺兰山脉位于宁夏回族自治区与内蒙古自治区交界处。

（10）朝天阙：朝见皇帝。天阙：本指宫殿前的楼观，此指皇帝生活的地方。

My Raging Hair has Shoved my Hat:
To the Tune of *Red All Over the River*

My raging hair has shoved my hat;

Where I lean by the handrails,

The drizzling rain has ceased to pitter-pat.

I raise my eye,

Heaving a long sigh to the sky.

What a hero's fury I live by!

O'er thirty years, I've gone through rank and fame, dust and soil,

Cloud and moon, and eight thousand miles' toil.

Don't let your life idly play

Until your young hair turn gray,

And you'll grieve vainly in dismay.

We haven't revenged

Jiankang's disgrace;

Your subjects' grief

Still waits to efface.

We'll drive a long train of chariots,

And trample Helan Mountains in a dent.

When thirsty, we'll drink their blood with a smiling face.

When hungry, to feed on our foes we're bent;

Let's start to fight,

Reconquer our lost place,

And pass triumph to the royal palace.

（宋）姚宽

姚宽（1105—1162），字令威，号西溪。会稽嵊县（今浙江省嵊县）人，宋宣和三年随父迁居诸暨。宋代杰出的史学家、科学家，著名词人。

127. 生查子·郎如陌上尘

郎如陌上尘，妾似堤边絮。

相见两悠扬，踪迹无寻处。

酒面扑春风，泪眼零秋雨。

过了离别时，还解相思否？

◎　注释

（1）生查子：词调名，原为唐教坊曲名。这首词写一对情侣拂晓惜别的依依之情，是五代词中写离情的名篇，结尾尤为人称道。

（2）陌上尘：乡村道路上扬起的灰尘。陌：乡村小道。

（3）堤：河堤或江堤。絮：柳絮。

（4）悠扬：随风飘扬。

（5）酒面：因喝酒而泛红的脸庞。

You are Like the Dust: To the Tune of *Shengzhazi*

You are like the dust on a country road,

And I the catkins by a river shore.

We meet in a flying and falling mode,

With no trace for each other to look for.

Your wine flush's like spring breeze stroking my face;

My tears are shed sparsely like autumn rain.

In parting, a sad atmosphere you raise,

But thereafter, will you still have love pain?

（宋）林升

　　林升（生卒年不详），字云友，又字梦屏，温州横阳亲仁乡荪湖里林坳（今属苍南县繁枝林坳）人，大约生活在南宋孝宗朝（1106—1170），是一位擅长诗文的士人。事见《东瓯诗存》卷四。《西湖游览志余》录其诗一首。

128. 题临安邸

山外青山楼外楼，

西湖歌舞几时休。

暖风熏得游人醉，

直把杭州作汴州。

◎　**注释**

（1）题：写。临安：南宋的京城，即今浙江省杭州市。金人攻陷北宋首都汴京后，南宋统治者逃亡到南方，建都于临安。邸（dǐ）：府邸、官邸（dǐ）、旅店、客栈，这里指旅店。

（2）西湖：杭州的著名风景区。休：暂停、停止、罢休。

（3）暖风：这里不仅指自然界和煦的春风，还指由歌舞所带来的令人痴迷的"暖风"——暗指南宋朝廷的靡靡之风。熏：（烟、气等）接触物体，使变颜色或沾上气味。游人：既指一般游客，更是特指那些忘了国难、苟且偷安、寻欢作乐的南宋贵族。

（4）直：简直。汴（biàn）州：即汴梁（今河南省开封市），北宋京城。

Writing on the Wall of A Lin'an Hotel

Beyond mountains are mountains, and beyond towers, towers;

Singing and dancing by the West Lake meet no ending hours.

Visitors are intoxicated by the warm breeze,

And take Hangzhou as Bianzhou, the lost capital of ours.

（宋）陆游

陆游（1125—1210），字务观，号放翁，越州山阴（今浙江绍兴）人，南宋文学家、史学家、爱国诗人。陆游生逢北宋灭亡之际，少年时即深受家庭爱国思想的熏陶。宋高宗时，参加礼部考试，因受秦桧排斥而仕途不畅。宋孝宗即位后，赐进士出身，历任福州宁德县主簿、隆兴府通判等职，因坚持抗金，屡遭主和派排斥。乾道七年（1171），应四川宣抚使王炎之邀，投身军旅，任职于南郑幕府。次年，幕府解散，陆游奉诏入蜀，与范成大相知。宋光宗继位后，升为礼部郎中兼实录院检讨官，不久即因"嘲咏风月"罢官归居故里。嘉泰二年（1202），宋宁宗诏陆游入京，主持编修孝宗、光宗《两朝实录》和《三朝史》，官至宝章阁待制。书成后，陆游长期蛰居山阴，嘉定二年（1210）与世长辞，留绝笔《示儿》。陆游一生笔耕不辍，诗词文俱有很高成就，其诗语言平易晓畅、章法整饬谨严，兼具李白的雄奇奔放与杜甫的沉郁悲凉，尤以饱含爱国热情对后世影响深远。

129. 示儿

死去元知万事空，
但悲不见九州同。
王师北定中原日，
家祭无忘告乃翁。

◎   注释

（1）示儿：给儿子们看。

（2）元知：原本知道。元：通"原"，本来。万事空：什么也没有了。

（3）但：只是。悲：悲伤。九州：这里代指宋代的中国。古代中国分为九州，所以常用九州
      指代中国。同：统一。

（4）王师：指南宋朝廷的军队。北定：将北方平定。中原：指淮河以北被金人侵占的地区。

（5）家祭：祭祀家中先人。无忘：不要忘记。乃翁：你的父亲，指陆游自己。

To my Sons

When I'm dead, all will be empty, I understand;

Seeing not China unified is my only dismay.

When the royal army recaptures our North land,

Don't forget to tell your dad on my memorial day.

130. 书愤

早岁那知世事艰，

中原北望气如山。

楼船夜雪瓜洲渡，

铁马秋风大散关。

塞上长城空自许，

镜中衰鬓已先斑。

出师一表真名世，

千载谁堪伯仲间！

◎   注释

（1）书愤：抒发义愤。书：写。

（2）早岁：早年，年轻时。

（3）"中原"句：北望中原，收复故土的豪迈气概坚定如山。中原北望："北望中原"的倒文。气如山：指收复失地的豪情壮志有如山岳。气：气概。

（4）楼船夜雪瓜洲渡，铁马秋风大散关：这是追述 25 年前的两次抗金胜仗。宋高宗绍兴三十一年（1161）冬金主完颜亮率大军南下，企图从瓜洲渡江南下攻建康（今南京），被宋军击退。第二年，宋将吴璘从西北前线出击，收复了大散关。楼船：高大的战船；瓜洲：在今江苏邗江南大运河入长江处，与镇江隔江相对，为江防要地。

（5）铁马：配有铁甲的战马。大散关：在今陕西宝鸡西南，昰军事重地。

（6）"塞上"句：意为作者徒然地自诩为是"塞上长城"。塞上长城：南朝宋时名将檀道济，比喻能守边的将领。《南史·檀道济传》载，宋文帝要杀大将檀道济，檀临刑前怒叱道："乃坏汝万里长城！""塞上长城"是用南朝宋文帝冤杀大将檀道济，檀在死前怒斥"乃坏汝万里长城"的典故。这里作者用作自比，现比喻收边御敌的将领。空自许：白白地自许。

（7）衰（shuāi）鬓：年老而疏白的头发。斑：指黑发中夹杂了白发。

（8）出师一表：指诸葛亮在蜀汉建兴五年（227）三月出兵伐魏前所作《出师表》。

（9）名世：名传后世。

（10）堪：能够。

（11）伯仲间：原指兄弟间的次第。这里比喻人物不相上下，难分优劣高低，引申为衡量人物差等之意。杜甫《咏怀古迹》诗之五称赞诸葛亮说："伯仲之间见伊吕，指挥若定失萧曹。"

Writing about my Anger

When I was young, I knew not world affairs so rough;

As mountains, northern parts of China were so tough.

I saw tower ships in Guazhou Ferry on that snow night.

And iron horses in Dasan Pass in the autumn wind's flight.

The general boasts in vain a Great Wall on the border way;

I look into mirror and find my hair's been dyed in gray.

The Letter of Setting off is really a world-known story;

For a thousand years, no one else can e'er approach its glory.

131. 游山西村

莫笑农家腊酒浑，

丰年留客足鸡豚。

山重水复疑无路，

柳暗花明又一村。

箫鼓追随春社近，

衣冠简朴古风存。

从今若许闲乘月，

拄杖无时夜叩门。

◎ **注释**

（1）此诗即在故乡山阴（今浙江绍兴市）所作。

（2）腊酒：腊月里酿造的酒。

（3）足鸡豚（tún）：意思是准备了丰盛的菜肴。足：足够，丰盛；豚：小猪，代指猪肉。

（4）山重水复：一座座山、一道道水重重叠叠。

（5）柳暗花明：柳色深绿，花色红艳。

（6）箫鼓：吹箫打鼓。春社：古代把立春后第五个戊日作为春社日，拜祭社公（土地神）
和五谷神，祈求丰收。

（7）古风存：保留着淳朴古代风俗。

（8）若许：如果这样。闲乘月：有空闲时趁着月光前来。

（9）无时：没有一定的时间，即随时。叩（kòu）门：敲门。

A Trip to West Mountain Village

Don't mock at farmers' muddy wine brewed in a year's last month;

They'd treat guests to enough chicken and pork in harvest years.

With many hills and waters, I doubt if there's no way out.

From dim willows to bright flowers, one more village appears.

Pipes and drums are played to show the Spring Festival comes soon.

Their simple dresses and caps preserve the old tradition.

From now on, if we're allowed to go out idly in the moon,

I'd walk on sticks and knock at your doors without permission.

132. 卜算子·咏梅

驿外断桥边，

寂寞开无主。

已是黄昏独自愁，

更著风和雨。

无意苦争春，

一任群芳妒。

零落成泥碾作尘，

只有香如故。

◎　**注释**

（1）驿（yì）外：指荒僻、冷清之地。驿：驿站，古代传递政府文书的人中途换马匹休息、住宿的地方。断桥：残破的桥。一说"断"通"簖"，簖桥乃是古时在为拦河捕鱼蟹而设簖之处所建之桥。

（2）寂寞：孤单冷清。无主：无人过问，无人欣赏。

（3）更著：更加受到。著（zhuó）：同"着"，这里是遭受的意思。

（4）无意：不想，没有心思。自己不想费尽心思去争芳斗艳。苦：尽力，竭力。争春：与百花争奇斗艳。此指争权。

（5）一任：任凭。群芳：群花、百花，隐指权臣、小人。妒：嫉妒。

（6）零落：凋谢。碾（niǎn）：轧碎。作尘：化作灰土。

（7）香如故：香气依旧存在。

Ode to Plum Blossoms: To the Tune of *Busuanzi*

Outside the post, beside the broken bridge,

It blooms alone, for none.

As dusk falls, it bears its own solitary pain,

As well as wind and rain.

It wants not to contend for spring,

But does arouse envy from other flowers.

E'en when its flakes fall to mud and are crashed to dust,

It's still fragrant in all hours.

（宋）杨万里

　　杨万里（1127—1206），字廷秀，号诚斋。汉族江右民系，江西吉州（今江西省吉水县）人。南宋著名文学家、爱国诗人、官员，与陆游、尤袤、范成大并称"南宋四大家""中兴四大诗人"，光宗曾为其亲书"诚斋"二字，学者称其为"诚斋先生"。官至宝谟阁直学士，封庐陵郡开国侯，卒赠光禄大夫，谥号文节。杨万里一生作诗20 000多首，但只有4 200首留传下来，被誉为一代诗宗。杨万里诗歌大多描写自然景物，且以此见长，为七言绝句，也有不少篇章反映民间疾苦、抒发爱国感情的作品，创造了语言浅近明白，清新自然，富有幽默情趣的"诚斋体"。

133. 小池

泉眼无声惜细流，

树阴照水爱晴柔。

小荷才露尖尖角，

早有蜻蜓立上头。

◎　**注释**

（1）泉眼：泉水的出口。惜：吝惜。

（2）照水：映在水里。晴柔：晴天里柔和的风光。

（3）尖尖角：初出水端还没有舒展的荷叶尖端。

（4）上头：上面，顶端。为了押韵，"头"不读轻声。

A Small Pond

The spring oozes quietly a trickle with care;

Trees reflect their shade in water, soft and sunny.

The lotus has just stuck out its tender tip;

On its point stands a dragonfly, so funny.

134. 晓出净慈寺送林子方

毕竟西湖六月中，

风光不与四时同。

接天莲叶无穷碧，

映日荷花别样红。

◎ **注释**

（1）晓出：太阳刚刚升起。

（2）净慈寺：全名"净慈报恩光孝禅寺"，与灵隐寺为杭州西湖南北山两大著名佛寺。

（3）林子方：作者的朋友，官居直阁秘书。

（4）毕竟：到底。

（5）六月中：六月中旬。

（6）四时：春夏秋冬四个季节。在这里指六月以外的其他时节。

（7）同：相同。

（8）接天：像与天空相接。

（9）无穷：无边无际。

（10）无穷碧：因莲叶面积很广，似与天相接，故呈现无穷的碧绿。

（11）映日：日红。

（12）别样红：红得特别出色。别样：宋代俗语，特别，不一样。

At Dawn, See Lin Zifang off at Jingci Temple

After all the West Lake has a special July,

With unique scenes that to other months deny.

Far to the sky the green lotus leaves outspread;

In the sun, the lotus flowers are truly red.

（宋）朱熹

朱熹（1130—1200），小名沈郎，小字季延，字元晦，一字仲晦，号晦庵，晚称晦翁，又称紫阳先生、考亭先生、沧州病叟、云谷老人、沧洲病叟、逆翁。谥文，又称朱文公。祖籍南宋江南东路徽州府婺源县（今江西省婺源），出生于南剑州尤溪（今属福建三明市）。南宋著名的理学家、思想家、哲学家、教育家、诗人、闽学派的代表人物，世称朱子，是孔子、孟子以来最杰出的弘扬儒学的大师，也是儒学转折的关键人物。

135. 春日

胜日寻芳泗水滨，

无边光景一时新。

等闲识得东风面，

万紫千红总是春。

◎ **注释**

（1）春日：春天。

（2）胜日：天气晴朗的好日子，也可看出人的好心情。寻芳：游春，踏青。泗水：河名，在山东省。滨：水边，河边。

（3）光景：风光风景。

（4）等闲：平常、轻易。等闲识得：是容易识别的意思。东风：春风。

236

Spring Day

On a fine day, I seek fragrance by waterside;

Boundless scenery takes on a completely new view.

I can easily realize how East Wind looks like;

Myriads of violet and red show but the spring hue.

（宋）朱淑真

朱淑真（约 1135—约 1180），号幽栖居士，宋代女诗人，亦为唐宋以来留存作品最丰盛的女作家之一。南宋初年时在世，祖籍歙州（治今安徽歙县），一说浙江钱塘（今浙江杭州）人。生于仕宦之家。夫为文法小吏，因志趣不合，夫妻不睦，终致其抑郁早逝。又传淑真过世后，父母将其生前文稿付之一炬。其余生平不可考，素无定论。现存《断肠诗集》《断肠词》传世，为劫后余篇。其诗词多抒写个人爱情生活，早期笔调明快，文词清婉，情致缠绵，后期则忧愁郁闷，颇多幽怨之音，流于感伤，后世人称之曰"红艳诗人"。作品艺术上成就颇高，后世常与李清照相提并论。

136. 蝶恋花·送春

楼外垂杨千万缕。

欲系青春，少住春还去。

犹自风前飘柳絮，

随春且看归何处。

绿满山川闻杜宇。

便做无情，莫也愁人苦。

把酒送春春不语，

黄昏却下潇潇雨。

◎ 注释

（1）系：拴住。青春：大好春光。隐指词人青春年华。

（2）少住：稍稍停留一下。

（3）犹自：依然。

（4）杜宇：杜鹃鸟。

（5）使作：即使。

（6）莫也：岂不也。

（7）把酒：举杯。送春，阴历三月末是春天最后离去的日子，古人有把酒浇愁以示送春的习俗。

（8）潇潇雨：形容雨势之疾。

Farewell to Spring: To the Tune of *Butterflies Love Flowers*

Outside my tower, willows droop their countless ropes,

They want to tie the spring

Which stays for a while and steps on its roads.
Catkins float themselves in the wind,
They fly with the spring and see where it goes.

Hills and waters are all green, and cuckoos are crying.

They're heartless birds,

But still suffer from my sighing.
I see the spring off with wine, but it says no words;
However, at dusk, drizzles are softly flying .

137. 菩萨蛮·山亭水榭秋方半

山亭水榭秋方半，

凤帏寂寞无人伴。

愁闷一番新，

双峨只旧颦。

起来临绣户，

时有疏萤度。

我谢月相怜，

今宵不忍圆。

◎ 注释

（1）榭：音谢，建于高台或水面（或临水）之木屋。

（2）凤帏：闺中的帷帐。

（3）峨：眉毛。颦：作动词为皱眉，作形容词为忧愁。

The Autumn has Past Half: To the Tune of *Pusaman*

The autumn's past half in pavilions by waters and hills;
Accompanied by none, I stay in curtains by my own.
With pains and woes my heart refills;
And two brows are always in frown.

I rise up to the window sill,
And see fireflies in casual flight.
I thank the moon for its care still;
It's kind not to be full tonight.

（宋）辛弃疾

辛弃疾（1140—1207），原字坦夫，改字幼安，别号稼轩，历城（今山东济南）人。21岁参加抗金义军，任湖北、江西、湖南、福建、浙东安抚使等职。一生力主抗金，有卓越的军事才能与爱国热忱。南宋豪放派词人，人称词中之龙，与苏轼合称"苏辛"，其词抒写力图恢复国家统一的爱国热情，倾诉壮志难酬的悲愤，对当时执政者的屈辱求和颇多谴责；也有不少吟咏祖国河山的作品。题材广阔又善化用前人典故入词，风格沉雄豪迈又不乏细腻柔媚之处。作品集有《稼轩长短句》。

138.丑奴儿·书博山道中壁

少年不识愁滋味，爱上层楼。
爱上层楼。为赋新词强说愁。

而今识尽愁滋味，欲说还休。
欲说还休。却道天凉好个秋。

◎　注释

（1）丑奴儿：　词牌名。又名"采桑子""丑奴儿令""罗敷媚""罗敷艳歌"。四十四字，前后片各三平韵。别有添字格，两结句各添二字，两平韵，一叠韵。

（2）博山：博山在今江西广丰县西南。因状如庐山香炉峰，故名。淳熙八年（1181）辛弃疾罢职退居上饶，常过博山。

（3）少年：指年轻的时候。不识：不懂，不知道什么是。

（4）层楼：高楼。

（5）强说愁：无愁而勉强说愁。强：勉强地，硬要。

（6）识尽：尝够，深深懂得。"尽"字有概括、包含着作者诸多复杂感受；使整篇词作在思想感情上做了一大转折的表达效果。

（7）欲说还休：想要说还是没有说，表达的意思可以分为两种：①男女之间难于启齿的感情。②内心有所顾虑而不敢表达。休：停止。

（8）却道天凉好个秋：却说好一个凉爽的秋天啊。意谓言不由衷地顾左右而言他。道：说。

Writing on the Wall of the Road to Boshan: To the Tune of *Ugly Slaves*

When I was young, I knew not how sorrow did taste.

I liked to climb tall towers.

I liked to climb tall towers.

To write a new verse, I forced myself with sad hours.

Now I'm old and know fully how sorrow does taste.

I want to say, but do not.

I want to say, but do not.

Just say: "What a cold and golden autumn we've got!"

139. 青玉案·元夕

东风夜放花千树。

更吹落、星如雨。

宝马雕车香满路。

凤箫声动，玉壶光转，

一夜鱼龙舞。

蛾儿雪柳黄金缕。

笑语盈盈暗香去。

众里寻他千百度。

蓦然回首，那人却在，

灯火阑珊处。

◎ **注释**

（1）青玉案（一说读作 qīng yù wǎn）：词牌名，取于东汉张衡《四愁诗》："美人赠我锦绣段，何以报之青玉案"一诗。又名"横塘路""西湖路"，双调六十七字，前后阕各五仄韵，上去通押。

（2）元夕：夏历正月十五日为上元节，元宵节，此夜称元夕或元夜。

（3）"东风"句：形容元宵夜花灯繁多。花千树：花灯之多如千树开花。

（4）星如雨：指焰火纷纷，乱落如雨。星：指焰火，形容满天的烟花。

（5）宝马雕车：豪华的马车。

（6）"凤箫"句：指笙、箫等乐器演奏。凤箫：箫的美称。

（7）玉壶：比喻明月，故继以"光转"二字，抑或指灯。

（8）鱼龙舞：指舞动鱼形、龙形的彩灯。

（9）蛾儿、雪柳、黄金缕：皆古代妇女元宵节时头上佩戴的各种装饰品。这里指盛装的妇女。

（10）盈盈：声音轻盈悦耳，亦指仪态娇美的样子。

（11）暗香：本指花香，此指女性们身上散发出来的香气。

（12）他：泛指，当时就包括了"她"。千百度：千百遍。

（13）蓦然：突然，猛然。

（14）阑珊：零落稀疏的样子。

The Lantern Festival Night: To the Tune of *Green Jade Table*

Night comes; the east wind yields thousands of trees in flowers,

And also blows down stars in showers.

All over the streets, nice steeds and carved carts spray fragrance.

From flutes and pipes, music swirls chants;

From face to face moonlight does glance.

All night, fish and dragon lanterns flash in dance.

Moths, snow willows and gold threads as their ornaments,

Fair ladies pass by me in smiling talk and dim scents.

I've searched her again and again in the throng;

I suddenly turn my head

To find she's among

The place where lanterns dimly shed.

140. 西江月·夜行黄沙道中

明月别枝惊鹊，

清风半夜鸣蝉。

稻花香里说丰年，

听取蛙声一片。

七八个星天外，

两三点雨山前。

旧时茅店社林边，

路转溪头忽见。

◎　**注释**

- （1）西江月：词牌名，原唐教坊曲，用作词调。又名"白苹香""步虚词""晚香时候""玉炉三涧雪""江月令"，另有"西江月慢"。源于李白《苏台览古》"只今唯有西江月，曾照吴王宫里人"。五十字，上下片各两平韵，结句各叶一仄韵。
- （2）黄沙：黄沙岭，在江西信州上饶之西，作者闲居带湖时，常常往来经过此岭。
- （3）别枝惊鹊：惊动喜鹊飞离树枝。
- （4）鸣蝉：蝉叫声。
- （5）旧时：往日。茅店：茅草盖的乡村客店。社林：土地庙附近的树林。
- （6）见：通假字"见"通"现"，发现，出现，显现。

Walking on a Yellow Sand Road at Night: To the Tune of *West River Moon*

The bright moon startles magpies perching on twigs;

The cold wind brings shrills of cicadas in the midnight.

Sweet smells from the rice fields promise a harvest year;

Hark! Frogs are croaking in delight.

Seven or eight stars twinkle beyond the sky;

Two or three drops of rain sprinkle before the hill.

The old hut used to be beside the village temple.

Around the path, it sits ahead of a rill.

141. 菩萨蛮·书江西造口壁

郁孤台下清江水，

中间多少行人泪？

西北望长安，

可怜无数山。

青山遮不住，

毕竟东流去。

江晚正愁余，

山深闻鹧鸪。

◎ **注释**

（1）造口：一名皂口，在江西万安县南六十里。

（2）郁孤台：今江西省赣州市城区西北部贺兰山顶，又称望阙台，因"隆阜郁然，孤起平地数丈"得名。清江：赣江与袁江合流处旧称清江。

（3）长安：今陕西省西安市，为汉唐故都。此处代指宋都汴京。

（4）愁余：使我发愁。

（5）无数山：很多座山。

（6）鹧鸪：鸟名。传说其叫声如云"行不得也哥哥"，啼声凄苦。

Writing on Zaokou Wall in Jiangxi: To the Tune of *Pusaman*

Below the Gloomy Terrace run two rivers clear;

How many refugees shed tears into them right here?

I look northwestward at Chang'an,

And see but hills run on and on.

Green hills can't hide the river's flowing;

After all, eastward is it going.

At dusk, I'm made so grievous;

I hear from deep hills partridges' cooing.

（宋）翁卷

翁卷(1153—1223)，南宋诗人，字续古，一字灵舒，永嘉(今为浙江省温州乐清市)人。工诗，与赵师秀、徐照、徐玑并称为"永嘉四灵"，其中翁卷最年长。由于一生仅参加过一次科举考试，未果，所以一生都为布衣。著有《四岩集》《苇碧轩集》。

142. 乡村四月

绿遍山原白满川，

子规声里雨如烟。

乡村四月闲人少，

才了蚕桑又插田。

◎ **注释**

（1）山原：山陵和原野。白满川：指稻田里的水色映着天光。

（2）子规：鸟名，杜鹃鸟。

（3）才了：刚刚结束。蚕桑：种桑养蚕。插田：插秧。

May in the Country

All streams are foaming white, and fields all freshly green;

The cuckoos cry here and there while it rains like mist.

In May, few idle hands in the country are seen,

And they are busy with rice after silk work's ceased.

（宋）叶绍翁

叶绍翁（1194—？），字嗣宗，号靖逸，处州龙泉人。祖籍建安（今福建建瓯），本姓李，因祖父关系受累，家业中衰，后嗣于龙泉（今属浙江丽水）叶氏。南宋中期诗人，曾任朝廷小官。江湖诗派诗人，其诗以七言绝句最佳。

143. 游园不值

应怜屐齿印苍苔，

小扣柴扉久不开。

春色满园关不住，

一枝红杏出墙来。

◎　注释

（1）游园不值：想观赏园内的风景却没有人在。值：遇到，不值，没有遇见。

（2）应怜：大概是感到心疼吧。应：表示猜测；怜：怜惜。屐（jī）齿：屐是木鞋，鞋底前后都有高跟儿，叫屐齿。

（3）小扣：轻轻地敲门。柴扉：用木柴、树枝编成的门。

（4）由"一枝红杏"联想到"满园的春色"，展现了春天的生机勃勃。

Visiting a Garden when its Master is Absent

Feeling tender to the moss on which my sabots did stride,

He didn't answer me when I knocked long at the fence.

Spring's so full in his garden that it can't be shut inside;

Thus, a twig of red apricot stretches out from thence.

（宋）文天祥

文天祥（1236—1283），初名云孙，字宋瑞，一字履善。自号文山、浮休道人。江西吉州庐陵（今江西省吉安市青原区富田镇）人，宋末政治家、文学家、爱国诗人、抗元名将、民族英雄，与陆秀夫、张世杰并称为"宋末三杰"。宝祐四年（1256）状元及第，官至右丞相，封信国公。于五坡岭兵败被俘，宁死不降。至元十九年（1282）十二月初九，在柴市从容就义。著有《文山诗集》《指南录》《指南后录》《正气歌》等。

144. 过零丁洋

辛苦遭逢起一经，

干戈寥落四周星。

山河破碎风飘絮，

身世浮沉雨打萍。

惶恐滩头说惶恐，

零丁洋里叹零丁。

人生自古谁无死？

留取丹心照汗青。

◎ 注释

（1）零丁洋：即"伶仃洋"，现在广东省中山市南的珠江口。文天祥于宋末帝赵昺祥兴元年（1278）十二月被元军所俘，囚于洋的战船中，次年正月，元军都元帅张弘范攻打崖山，逼迫文天祥招降坚守崖山的宋军统帅张世杰。于是，文天祥写了这首诗。零丁：孤苦无依的样子。

（2）遭逢：遭遇到朝廷选拔。起一经：因精通某一经籍而通过科举考试得官。文天祥在宋理宗宝祐四年（1256）以进士第一名考取状元。

（3）干戈寥（liáo）落：寥落意为冷清，稀稀落落。在此指宋元间的战事已经接近尾声。干戈：两种兵器，这里代指战争；寥落：荒凉冷落。南宋亡于 1279 年，此时已无力反抗。四周星：四年。从德祐元年（1275）正月起兵抗元至被俘恰是四年。

（4）风飘絮：运用比喻的修辞手法，形容国势如柳絮。

（5）雨打萍：比喻自己身世坎坷，如同雨中浮萍，漂泊无根，时起时沉。

（6）惶恐滩：在今江西万安赣江，水流湍急，极为险恶，为赣江十八滩之一。宋瑞宗景炎二年（1277），文天祥在江西空阬兵败，经惶恐滩退往福建。

（7）留取丹心照汗青：留取赤胆忠心，永远在历史中放光。丹心：红心，比喻忠心；汗青：古代在竹简上写字，先以火炙烤竹片，以防虫蛀。因竹片水分蒸发如汗，故称书简为汗青，也作"杀青"。这里特指史册。

Passing Lingding Ocean

Reading classics, I've striven for the royal calling.

But for the past four years, I've taken arms on battles.

Our land is broken like catkins in the wind falling;

I roam like duckweeds swaying in the rain's rattles.

I went through fearful terror on the Terror shoal;

And in Lingding Ocean I sighed for my lone soul.

Since time immemorial, who has e'er been immortal?

Let my red heart loyal shine brightly in the annals.

（明）杨慎

杨慎（1488—1559），字用修，号升庵，四川新都（今成都市新都区）人，祖籍庐陵。明代文学家，明代三大才子之首。杨慎在滇南三十年，博览群书。明代记诵之博，著述之富，推杨慎为第一。又能文、词及散曲，论古考证之作范围颇广。其诗沉酣六朝，揽采晚唐，创为渊博靡丽之词，造诣深厚，独立于当时风气之外。著作达四百余种，后人辑为《升庵集》。

145.临江仙·滚滚长江东逝水

滚滚长江东逝水，
浪花淘尽英雄。
是非成败转头空。
青山依旧在，
几度夕阳红。

白发渔樵江渚上，
惯看秋月春风。
一壶浊酒喜相逢。
古今多少事，
都付笑谈中。

◎ 注释

（1）在廿一史弹词第三段《说秦汉》中，原文共 11 句，因为受各影视、文学、音乐等作品（主要是《三国演义》）的影响，广为流传的是前四句。

（2）东逝水：是江水向东流逝水而去，这里将时光比喻为江水。

（3）淘尽：荡涤一空。

（4）成败：成功与失败。

（5）青山：青葱的山岭。

（6）几度：虚指，几次、好几次之意。

（7）渔樵：此处并非指渔翁、樵夫，此处喻隐居不问世事的人。

（8）渚（zhǔ）：原义为水中的小块陆地，此处意为江岸边。

（9）秋月春风：指良辰美景，也指美好的岁月。

（10）浊（zhuó）：不清澈，不干净。与"清"相对。浊酒：用糯米、黄米等酿制的酒，较混浊。

（11）都付笑谈中：在一些古典文学及音乐作品中，也有作"尽付笑谈中"。

Changjiang River Flows: To the Tune of *Riverside Daffodils*

O Roll and roll, the Changjiang River eastward flows,

And washes away all gallant heroes.

All right or wrong, all gained or lost will come to nil

At turn of our head, while hills are there still,

And the sun comes and goes.

White-haired fishers and woodmen on the river isles

Have seen enough the seasons' profiles.

With a jar of wine, we meet in merriment.

Many an event from past to present

Has turned into our chats and smiles.

（清）纳兰性德

纳兰性德（1655—1685），字容若，号楞伽山人，满洲人，清代最著名词人之一。其诗词"纳兰词"在清代以至整个中国词坛上都享有很高的声誉，在中国文学史上也占有光彩夺目的一席。他生活于满汉融合时期，其贵族家庭兴衰具有关联于王朝国事的典型性。虽侍从帝王，却向往经历平淡。特殊的生活环境背景，加之个人的超逸才华，使其诗词创作呈现出独特的个性和鲜明的艺术风格。

146. 木兰词·拟古决绝词柬友

人生若只如初见，

何事秋风悲画扇。

等闲变却故人心，

却道故人心易变。

骊山语罢清宵半，

夜雨霖铃终不怨。

何如薄幸锦衣郎，

比翼连枝当日愿。

◎ **注释**

（1）木兰词：此调原为唐教坊曲，后用为词牌。始见《花间集》韦庄词。有不同体格，俱为双调。

（2）柬：给……信札。

（3）"何事"句：用汉朝班婕妤被弃的典故。班婕妤为汉成帝妃，被赵飞燕谗害，退居冷宫，后有《怨歌行》，以秋扇闲置为喻抒发被弃之怨情。南北朝梁刘孝绰《班婕妤怨》诗又点明"妾身似秋扇"，后遂以秋扇见捐喻女子被弃。这里是说本应当相亲相爱，但却成了相离相弃。

（4）却道故人心易变（出自娱园本）：一作"却道故心人易变"。看似白话，实为用典，出处就在南朝齐国山水诗人谢朓的《同王主簿怨情》后两句"故心人尚永，故心人不见"。汪元治本《纳兰词》误刻后句"故心人"为"故人心"，这一错误常被现代选本沿袭。故人：指情人。

（5）"骊山"两句：用唐明皇与杨玉环的爱情典故。《太真外传》载，唐明皇与杨玉环曾于七月七日夜，在骊山华清宫长生殿里盟誓，愿世世为夫妻。白居易《长恨歌》："在天愿作比翼鸟，在地愿作连理枝。"对此做了生动的描写。后安史乱起，明皇入蜀，于马嵬坡赐死杨玉环。杨玉环死前云："妾诚负国恩，死无恨矣。"又，明皇此后于途中闻雨声、铃声而悲伤，遂作《雨霖铃》曲以寄哀思。这里借用此典说即使是最后做决绝之别，也不生怨。

（6）"何如"两句：化用唐李商隐《马嵬》诗中"如何四纪为天子，不及卢家有莫愁"之句意。薄幸：薄情；锦衣郎：指唐明皇。

Lyrics of Magnolia: *Letter to my friends which Imitates the Ancient Parting Song*

What if life is always like meet for the first time,

How could she grieve her painted fan in autumn clime?

Her swain changed his faithful heart in a casual way,

But he said swains' heart's seldom on a constant stay.

It's chilly midnight after their Mount Li discourse;

The bells in the night rain had ne'er been his remorse.

How do you think of that fickle swain? His past words

Included tangled twigs and a pair of love birds.

147. 浣溪沙·谁念西风独自凉

谁念西风独自凉，

萧萧黄叶闭疏窗，

沉思往事立残阳。

被酒莫惊春睡重，

赌书消得泼茶香，

当时只道是寻常。

◎ 注释

（1）谁：此处指亡妻。

（2）萧萧：风吹叶落发出的声音。疏窗：刻有花纹的窗户。

（3）被酒：中酒、酒醉。春睡：醉困沉睡，脸上如春色。

（4）赌书：此处为李清照和赵明诚的典故。李清照《金石录后序》云："余性偶强记，每饭罢，坐归来堂，烹茶，指堆积书史，言某事在某书某卷第几页第几行，以中否角胜负，为饮茶先后。中即举杯大笑，至茶倾覆怀中，反不得饮而起，甘心老是乡矣！故虽处忧患困穷而志不屈。"此句以此典为喻说明往日与亡妻有着像李清照一样的美满的夫妻生活。

消得：消受，享受。

Who Really Cares in the West Wind: To the Tune of *Silk Washing*

Who really cares in the west wind alone I'm shivering?

Before my latticed window withered leaves are quivering.

I stand in the setting sun, sunk in our past years.

After drinking wine, we slept soundly in spring cheers;

Betting on reading, you spilt the tea in fragrant smell.

But at that time, I took these as ordinary spell.

148. 浣溪沙·残雪凝辉

残雪凝辉冷画屏，

落梅横笛已三更。

更无人处月胧明。

我是人间惆怅客，

知君何事泪纵横。

断肠声里忆平生。

◎   注释

（1）画屏：绘有彩画的屏风。

（2）落梅：古代羌族乐曲名，又名"梅花落"，以横笛吹奏。

（3）月胧明：指月色朦胧，不甚分明。

Remnant Snow: To the Tune of *Silk Washing*

The paint screen is frozen by remnant snow's pale light;

In sound of flute, plum flakes are falling at midnight.

The moon send off more hazy light when all's at rest.

In this human life, I am a disheartened guest;

Why I've so many tears to shed, I try to find.

In this grievous sound, my past life runs to my mind.

149. 画堂春·一生一代一双人

一生一代一双人，争教两处销魂。

相思相望不相亲，天为谁春。

浆向蓝桥易乞，药成碧海难奔。

若容相访饮牛津，相对忘贫。

◎ 注释

（1）画堂春：词牌名。双调，有四十六字至四十九字四格，前片四平韵，后片三平韵。

（2）蓝桥：地名，在陕西蓝田县东南蓝溪上，传说此处有仙窟，为裴航遇仙女云英处。《太平广记》卷十五引裴铏《传奇·裴航》云：裴航从鄂渚回京途中，与樊夫人同舟，裴航赠诗致情意，后樊夫人答诗云："一饮琼浆百感生，玄霜捣尽见云英。蓝桥便是神仙窟，何必崎岖上玉清。"后于蓝桥驿因求水喝，得遇云英，裴航向其母求婚，其母曰："君约取此女者，得玉杵臼，吾当与之也。"后裴航终于寻得玉杵臼，遂成婚，双双仙去。此处用这一典故是表明自己的"蓝桥之遇"曾经有过，且不为难得。

（3）"药成"句：《淮南子·览冥训》："羿请不死之药于西王母，姮娥窃之，奔月宫。"高诱注："姮娥，羿妻，羿请不死之药于西王母，未及服之。姮娥盗食之，得仙。奔入月宫，为月精。"这里借用此典说，纵有不死之灵药，但却难像嫦娥那样飞入月宫去。意思是纵有深情却难以相见。

（4）饮牛津：晋张华《博物志》："旧说云：天河与海通，近世有人居海渚者，年年八月有浮槎来去，不失期。人有奇志，立飞阁于槎上，多赍粮，乘槎而去。至一处，有城郭状，屋舍甚严，遥望宫中多织妇，见一丈夫牵牛渚次饮之，此人问此何处，答曰：'君还至蜀郡问严君平则知之。'"故饮牛津系指传说中的天河边。这里是借指与恋人相会的地方。

This pair of men in this life：To the Tune of *Spring in Paint Hall*

This pair of men in this life and this generation

Are forced to grieve in separation.

They watch and yearn for each other, but can't get close,

For whom the spring comes to pose?

For Pei Hang on the Blue Bridge, who'd beg water soon;

For Chang E, who stole potion and flied to the moon.

If we're allowed to meet and drink from the Milky Way,

Facing each other, I forget my outcast state.

150. 蝶恋花·出塞

今古河山无定据，

画角声中，牧马频来去。

满目荒凉谁可语？

西风吹老丹枫树。

从来幽怨应无数？

铁马金戈，青冢黄昏路。

一往情深深几许？

深山夕照深秋雨。

◎ **注释**

（1）无定据：无定、无准。意谓自古以来，权力纷争不止，江山变化无定。一作"无定数"。

（2）画角：古管乐器，传自西羌。因表面有彩绘，故称。发声哀厉高亢，形如竹筒，本细末大，以竹木或皮革等制成，古时军中多用以警昏晓，振士气，肃军容。帝王出巡，亦用以报警戒严。

（3）牧马：指古代作战用的战马。

（4）谁可语：有谁来和我一起谈谈。

（5）从前幽怨应无数：一作"幽怨从前何处诉"。从前幽怨：过去各民族、各部族间的战事。

（6）铁马金戈：指战争。辛弃疾《永遇乐·京口北固亭怀古》："想当年，金戈铁马，气吞万里如虎。"

（7）青冢：长满荒草的坟墓，这里用汉代王昭君出塞之典事。《汉书·匈奴传下》："元帝以后宫良家子王绮，字昭君赐单于。"昭君死后葬于南匈奴之地（即今内蒙古呼和浩特），人称"青冢"。

（8）一往情深深几许：化用欧阳修《蝶恋花》："庭院深深深几许"句意。几许：多少。

Expedition: To the Tune of *Butterflies Love Flowers*

From past to now, the borders are in a changing air,

Amid the painted bugles' blare,

In and out stamp the nomads' steeds.

The bleak views spread farther than our eyes can bear;

Who can I talk to? The west wind's aged maple trees.

There should have been shed numerous woeful tears.

Iron steeds and metal spears

Have paved at dusk a green tomb lane.

How deep is her emotion that she poured here?

See deep mountains in sunset and deep autumn rain.

参考书目

一、本书诗词选自以下书目

1. 程俊英 . 诗经译注 . 上海：上海古籍出版社，2012.8

2. 余冠英 . 乐府诗选 . 北京：中华书局，2012.9

3. 余冠英 . 汉魏六朝诗选 . 北京：中华书局，2012.9

4. 徐正英 . 陶渊明诗集 . 郑州：中州古籍出版社，2012.5

5. 中华书局编辑部 . 全唐诗 . 北京：中华书局，1999.1

6. 顾青 . 唐诗三百首 . 北京：中华书局，2009.7

7. 孟浩然、佟培基 . 孟浩然诗集笺注 . 上海：上海古籍出版社，2013.10

8. 李俊标 . 王维诗选 . 郑州：中州古籍出版社，2012.12

9. 葛景春 . 李白诗选 . 北京：中华书局，2009.8

10. 葛景春 . 杜甫诗选 . 郑州：中州古籍出版社，2011.10

11. 吴大逵等 . 元稹白居易诗选译 . 南京：凤凰出版传媒集团凤凰出版社，2011.5

12. 胡可先 . 杜牧诗选 . 北京：中华书局，2005.8

13. 周振甫 . 李商隐选集 . 上海：上海古籍出版社，2012.12

14. 曾昭岷等 . 全唐五代词 . 北京：中华书局，1999.12

15. 李璟、李煜 . 南唐二主词笺注 . 北京：中华书局，2013.4

16. 北京大学古文献研究所 . 全宋诗 . 北京：北京大学出版社，1998.12

17. 柳永 . 柳永词集 . 上海：上海古籍出版社，2012.12

18. 上彊邨民.词三百首全解.上海：复旦大学出版社，2008.11

19. 孔凡礼.苏轼诗词选.北京：中华书局，2009.8

20. 柯宝成.李清照全集.武汉：湖北长江出版集团崇文书局，2010.1

21. 张永鑫等.陆游诗词选译.南京：凤凰出版传媒集团凤凰出版社，2011.5

22. 朱淑真.朱淑真集注.北京：中华书局，2008.12

23. 徐汉明.辛弃疾全集校注.武汉：华中科技大学出版社，2012.5

24. 杨慎.二十五史弹词辑注.北京：中国华侨出版社，2015.6

25. 纳兰容若.纳兰词全编笺注.长沙：湖南文艺出版社，2011.7

二、本书翻译参考以下书目

1. 许渊冲.诗经选.石家庄：河北人民出版社，2005.1

2. 汪榕培.诗经.长沙：湖南人民出版社，2008.6

3. 汪榕培.英译乐府诗精华.北京：外语教学与研究出版社，2008.6

4. 汪榕培.汉魏六朝诗三百.长沙：湖南人民出版社，2006.8

5. 许渊冲.汉魏六朝诗.北京：海豚出版社，2013.1

6. 许渊冲.唐五代词选.北京：五洲传播出版社，2012.1

7. 许渊冲.千家诗.北京：中国对外翻译出版公司，2009.1

8. 孙大雨.英译唐诗选.上海：上海外语教育出版社，2007.9

9. 王玉书.王译唐诗三百首.北京：五洲传播出版社，2011.4

10. 许渊冲.唐宋词一百首.北京：中国对外翻译出版公司，2007.12

11. 龚景浩.英译唐诗名作选.北京：商务印书馆，2006.3

12. 刘克强.三国演义诗词英译.北京：中央编译出版社，2015.9

13. 唐一鹤.英译唐诗三百首.天津：天津人民出版社，2005.5

14. 朱曼华.中国历代诗词英译集锦.北京：商务印书馆，2013.10

15. 储吉旺.诗词英译.北京：外文出版社，2015.5

16. 许渊冲.苏轼诗词选.长沙：湖南人民出版社，2007.12

17. 许渊冲 . 宋词三百首 . 北京：五洲传播出版社，2012.1

18. 卓振英 . 英译宋词集萃 . 上海：上海外语教育出版社，2008.6

19. 张炳星 . 英译中国古典诗词名篇 . 北京：中华书局，2010.6

20. 王宝童 . 王维诗百首 . 北京：世界图书出版公司，2005.7

21. 任治稷、余正 . 从诗到诗：中国古诗词英译 . 北京：外语教学与研究出版社，2006.9

后 记

　　这本书的翻译和注释工作是在我的一段具有特殊意义的人生中完成的。这段人生极具中国特色，最能体现中国式的家庭责任感，是许许多多期盼子女成长的父母都经历过的人生。那就是陪读人生。

　　今年四月，还在读高二的儿子突然提出要搬出集体寝室，想在学校附近租房子，安安静静地备战高考。对于他这样自我成才的想法，我自然十分支持。于是，我们就租了一套60平方米左右的公寓，并举家迁往。公寓不仅有点小，而且还很破旧。为了儿子的学业，我们丝毫不介意这里的条件艰苦。于是，一家人其乐融融地安顿下来了。其实，大多数时候，我们白天都不在公寓里。儿子去上课，我和夫人都要照常工作。不过，我的工作是不需要坐班的。有课的时候我就去学校上课，没课的时候就待在公寓里，中午还可以和儿子共进午餐。

　　就在共进午餐的某个中午，儿子说语文考试中的诗歌赏析不太会做。我当即决定亲自教他。接下来，我花了一个星期的时间，挑选了中国古典诗词150余首，其中包括《诗经》10首和《汉乐府》数首，还选取了《古诗十九首》、陶渊明诗选、唐宋诗词选、明清诗词选。由于学了三十多年的英语，我经常用英语思维分析理解汉语文本，这样可以更深刻地理解文本，并可以发现文本中所蕴涵的新意，厘清文本的逻辑脉络。因此，为了更准确地给儿子讲解古典诗词的意蕴，我在给每首诗词加中文注解的同时，将其翻译成英语。

　　比如，我在翻译《明月皎夜光》时，发现开头四句"明月皎夜光，促织鸣东壁。玉衡指孟冬，众星何历历"的景物描写顺序跳跃性很大，一会儿写天上景象，一会回到地面，一会儿又到天上，显得有点乱。再比如，我在翻译《庭中有奇树》时，发现近两千年来中国学者对"奇"的理解可能存在错误。按照传统的解释——"珍奇的树"（precious tree）——来翻译，发现此解释与后文的"此物何足贵"相互矛盾，不合逻辑。所以，我认为这里的"奇树"应理解为"奇数的树"，即不成"偶"（not in pair），刚好可以隐喻孤单的思妇。这些发现极大地激发了我翻译诗词的热情。

陪读的日子本是单调乏味，与诗意无关；但我的陪读时光却因为品读、把玩和翻译诗词而变得诗意浓郁。儿子在一天天地取得进步，我的翻译也一天天向前推进。很快，150 余首诗词翻译完毕。于是，我便将他们收集起来，辑成一本书，以纪念这段陪读人生。

在书稿杀青之际，我要感谢恩师王宝童教授，他带我走进了神圣的诗歌殿堂，领略了金色王国（Golden Realm）的美景；感谢我的家人，特别是我的妻子，我所取得的进步都离不开她的支持和无私的奉献；感谢我的同事梁小华教授、雷鸣教授和薛凌博士，他们的支持和帮助让我在这个寒冷的冬季感到无比温暖，并顺利完成此书；感谢我的研究生张祎旸和邹黎对书稿的审读和加注；感谢中南财经政法大学外国语学院及大学英语部为此书的出版提供大力支持。

译著者

2015 年岁末于清风别墅